홍당무는 이제 안녕

홍당무는 이제 안녕

발표만 잘하면
소원이 없겠네

이정화 지음

CRETA

마침내
탈출의 길을
찾다

어렸을 때 나는 동네에서 소문난 이야기꾼이었다. 한껏 뛰어놀다가 지칠 무렵, 동네 아이들은 삼삼오오 모여앉아 내게 이야기를 주문하곤 했다. 그러면 나는 신나서 앞뒤가 맞지도 않는 이야기를 술술 지어내며 또래 아이들을 홀렸다. 주가가 한창 높을 때는 옆 동네로 원정을 다녀오기도 했다. 중고등학교 시절, 수업 중에 시간이 어중간하게 남을 때면 반 친구들은 선생님께 '정화 이야기 타임'을 갖자며 조르기도 했다. 그럼 나는 또 얼른 교단 앞으로 나가서 만담꾼이 되어 말도 안 되는 이야기를 풀어대곤 했다. 이랬던 아이가 자라서 발표 불안인이 되었다.

나는 태생적으로 사람들과 어울리는 걸 즐기며 호기심 많고 에너지가 넘치는 편이었다. 그런데 20대 초반에 생긴 발표 울렁증으로 불안의 세계에 입문했고 내가 원래 어떤 사람인지 잊기도 하고 헷갈리기도 하면서 10년 이상을 살았다. 뇌세포를 분자 단위로 잘게 쪼개어 보면 호기심이라는 글자가 여기저기 새겨져 있을 듯한 나는, 세상 모든 것에 대해 늘 궁금한 게 많았다. 그런데 발표에 대한 공포 때문에 거침없이 앞으로 나아가야 할 때 주저하고 스스로를 의심하며 멈추곤 했다. 십수 년을 '다시 태어나지 않는 한 나아지지 않을 것 같다'고 생각하며 불안을 끌어안고 살았다. 그러던 어느 날, 단단히 마음먹고 스피치 학원에 다녀보고 특강도 찾아다니고 각종 동영상과 논문, 책을 파며 답을 찾아 헤맸다. 결국, 탈출의 길을 찾았다. 큰 비용과 시간, 노력이 들긴 했지만, 발표 불안을 확실히 떨쳐낼 방법이 존재한다는 것을 알게 되었다.

이제야 비로소 마음이 편해졌다. 업무 보고나 세미나 발표 같은 일정이 잡히면 며칠 전부터 뭉게뭉게 불어나는 부담감으로 안절부절못했던 예전과는 달리 발표 전날에도 덤덤하게 두 다리 쭉 뻗고 잘 잔다. 길고 길었던 발표 불안의 터널에서 빠져나와 원래의 이야기꾼으로 돌아왔다. 돌아오고 보니 '편안한 마음'이 우리 인생에서 얼마나 중요한지, 불안하고 상처받은 마음이 삶의 질을 얼마나 떨어뜨리는지에 대해 온몸으로 깨달았다. 적지 않은 시간과 비용을 쏟은 후 만난 해결책은 의외로 간단했고 효과가 꽤 좋았다. 혼자만 알고 있기가 아까웠다. 내 발표 불안의 여정과 해소 방법을 공유하고 싶었다. 그래서 글을 쓰기 시작했다.

발표 불안이 최고조에 달했을 때, 어떤 글도 강연도 말도 나를 뚫고 들어오지 못했다. 심리학 박사, 정신과 전문의가 쓴 글을 환자도 아닌 내가 왜 읽어야 하는지, 당시에는 심적 거부감이 있었다. 발표 불안을 전문적으로 다룬 글에 손을 대기가 쉽지 않았다. 편하게, 쉽게, 재미있게 읽을 수 있는 발표 불안에 대한 책이 있으면 좋겠다는 생각을 막연히 하곤 했다. 그래서 발표 불안을 다룬 내용 사이사이에 여러 나라, 다양한 분야에서 겪은 내 이야기를 함께 엮었다. 나는 캐나다, 미국, 멕시코, 스페인에서 공부했고, 인도, 온두라스, 멕시코, 콜롬비아, 한국에서 일을 했다. 광고 회사, 국회, 방송국, 전자 회사, 자산운용사, 섬유 회사, 지문/얼굴 인식 기술 IT 회사, 참치 통조림 뚜껑 만드는 회사, 전력 관리 칩 개발 회사 등에 다녔다. 작년에는 유럽 축구 리그 관련 IT 회사의 부사장으로 일을 하기도 했다. 도합 20년 정도 일을 했고, 그중 8년은 회사를 운영했다.

이 책은 일 욕심 많은 전직 이야기꾼의 글이다. 호기심 넘치는 전직 이야기꾼이 발표 불안에 시달리면서도 그 와중에 불안에 빠진 스스로와 밀고 당기는 힘겨루기를 하며 커리어를 쌓아나가고 인생의 길을 찾아가는 서사를 담고 있다.

발표에 대한 부담감으로 홀로 속앓이하고 있을 직장인, 발표 스트레스로 직장을 그만둘 생각을 해본 적 있는 이, 평소에는 멀쩡하다가도 발표만 하게 되면 모자란 사람으로 변하는 누군가, 일 욕심이 많아서 '돌격 앞으로'를 신나게 하고 싶은데 발표 불안에 발목 잡혀 있는 사람에게 내 글이 가닿기를 바란다. 인생의 갈림길에서 어떤 방향으로 가면 좋을지 고민 중인 사람도 환영이다. 스스로와 조금 더 친해지고 싶은 사람, 발표 아닌 다른 원인의 불안에 시달리고 있는 이에게도 내 글이 다다르면 좋겠다.

　부족하고 어설프지만 진심을 담은 내 이야기가, 어렸을 때 한껏 뛰어놀다 지친 동네 아이들에게 그랬듯이 누군가를 편안하게 홀리길 바란다.

2023년
이정화

나를 거부하는 나

내 감정을 가만히 살펴보면 미처 몰랐던 사실을 알게 되기도 한다.

누구나 마음속에 불안이 있다. 불안은 잠재적인 위험에 반응하는 기관에서 만들어지는 감정으로, 일종의 생존 본능이어서 모든 인간이 다 가지고 있다. 그래서 불안증에 빠지면 헤어 나오기가 쉽지 않다. 없었던 게 갑자기 생겨서 도려낼 수 있는 것도 아니고, 나에게만 있는 거라서 '나는 문제가 있구나' 하고 인지가 쉽게 되는 것도 아니기 때문이다. 불안증은 원인도 증상도 다양하다. 나의 경우는 발표가 불안증의 원인이었다. 발표 전 긴장 상태가 선을 넘으면서 강도가 제법 높은 불안증에 시달렸다. 여러 사람 앞에서 발표할 때 떨리는 건 지극히 당연한 일이다. 누구나 긴장을 하는데 왜 어떤 사람은 괜찮고 어떤 사람은 힘든 걸까? 보통은 발표 전에 긴장되더라도 이내 추스르고 할 말에 집중하며 불안을 적당히 흘려보낸다. 그런데 우리 발표 불안인은 불안에 붙들린다. 불안에 사로잡히고 만다. 이유는 바로 '긴장하는 자신을 거부하는 마음' 때문이다.

나는 발표하기 전에 긴장되면 얼굴에 열감이 느껴질 때가 있는데, 불안증에서 벗어나기 전에는 이걸 극도로 싫어했다. 얼굴이 빨개지면 설명하기 어려운 이상한 감정이 훅훅 치고 올라왔다. 싸움에서 지는 듯한 느낌? 기 싸움에서 밀린 기분? 약한 내 내면이 노출되는 마음? 이런 감정이 이리저리 섞여서 머릿속이 복잡해졌다. 그래서 얼굴이 붉어지기라도 할까봐 온 신경이 집중되어서는 열이 오르는 걸 어떻게든 가라앉혀 보려고 안간힘을 쓰곤 했다.

슬프게도, 긴장했을 때 얼굴이 붉어지는 건 아주 당연한 신체 반응이다. 내가 어떻게 할 수 있는 것이 아니다. 발표를 잘해야겠다는 의지가 생기면 뇌에서 각종 각성 호르몬을 분비해 교감 신경을 자극한다. 그러면 이 교감 신경이 아드레날린을 분비하고 이로 인해 심장 박동이 증가하면서 혈류량이 늘어난다. 결과적으로 행동이 빨라지고 정신이 또렷해지면서 내가 하고자 하는 일의 수행 능력이 높아지는 것이다. 나는 혈류량이 증가할 때 그 피가 얼굴 쪽으로 몰리면서 얼굴이 살짝 붉어진다. 긴장하면 얼굴이 빨개지는 건 우리 모두 아는 증상이고, 이 증상이 있는 사람은 아마 지구상에 몇억 명은 되지 않을까. 그런데 나는 이 증상이 생기는 나를 거부했다. 얼굴이 붉어지는 나를 거부하고 달아오른 얼굴을 가라앉혀 보려고 용을 썼다. 지금에 와서 생각해 보면 이 행동은 '땀아 나지 마라, 심장아 진정해라' 같은 맥락이지만 예전에는 미처 몰랐다.

우리는 자신의 감정을 헤아려 보는 일에 참 인색하다. 부정적인 감정을 인정하고 살펴보는 데에도 무척 박하다. 나는 십수 년을 발표 전 안절부절못하는 마음 때문에 스트레스받고 힘들어했음에도 한 번도, 정말이지 단 한 번도 그 감정의 실체에 대해서 생각해 본 적이 없다.

홍당무는 이제 안녕

그냥 단순히 성격 탓을 하고 낯가림이 있겠거니 여겼다. 그러다 오랜 시간이 지난 후 비로소 내 감정을 들여다보기 시작했을 때, 나는 얼굴이 홍당무가 되는 걸 싫어한 게 아니라 그걸 드러내고 싶어 하지 않았다는 걸 깨닫게 되었다. 얼굴이 붉어지는 걸 다른 사람이 눈치채지 못하게 숨기고 싶었던 것이었다. 그런데 그 감정에 '왜'라고 물음표를 붙여 보면 이상한 점을 발견하게 된다. 얼굴이 달아오르는 걸 왜 숨기고 싶어했을까?

업무 보고를 하는데 부장님 얼굴이 잠시 붉어졌다? 그런데 직장에서의 일상적인 업무 보고 자리에서는 누구도 발표자의 표정을 면밀히 살피지 않는다. 신사업 프로젝트 세미나 시간에 어떤 사람도 발표자가 얼굴이 살짝 빨개졌다고 민감하게 반응하지 않는다. 오히려 감정이 얼굴에 드러나는 사람에게 더 호감을 느낀다는 연구도 있다. 즉 얼굴에 홍조를 띠는 건 '들키거나', '숨기거나' 하는 유의 표현과 어울리지 않는다. 누군가는 얼굴이 잘 빨개지고 어떤 사람은 잘 안 빨개지고. 그런데 불안의 감정이 여기에 끼어들면 '나는 절대 얼굴이 붉어지면 안 돼. 들키면 안 돼. 숨겨야 해. 아무도 몰라야 해' 등의 이상한 생각을 하게 된다.

이 이상한 생각은 불필요한 수치심으로 이어진다. 교감 신경은 마음을 쓸수록 의지가 더 생겨 더 자극을 받기 때문에 달아오르는 얼굴을 가라앉히려고 신경을 쓰면 되레 더 붉어진다. 그래서 '얼굴이 붉어지면 안 돼'라는 이상한 생각은 결국 '오늘도 결국 얼굴이 달아오르는

구나'가 되면서 '오늘도 망쳤다'는 부정적인 결과가 더해지면서 수치심이라는 감정이 생긴다.

문제는 이 수치심이다. 수치심은 내 안에 나답지 않은 내 목소리 하나를 더 키운다. 타고난 내 기질과 성향과는 전혀 다른, 평소의 나 같으면 근처에 서성거리지도 않을 듯한 레벨의 비관적이고 자기 파괴적인 생각이나 감정이 뜻하지 않은 타이밍에 쑥쑥 걷잡을 수 없이 올라온다. 나와 하루 종일 제일 많은 시간을 보내는 '내'가 틈만 나면 온갖 부정적인 말들을 쏟아내는데, 멀쩡할 수 있을까? 나를 보는 내 눈이 수치심 안에 갇히게 되면 걷잡을 수 없는 별의별 부정적인 생각, 우울한 생각, 지저분한 생각으로 마음이 꽉 차게 된다. 이런 컴컴한 생각은 일상을 무너뜨릴 정도의 무기력을 만들고 잘해보고자 하는 의지를 꺾는다. 게다가 나를 갉아먹는 이 삐뚤어진 감정은 나에게로만 향하는 것이 아니다. 타인에 대한 지나친 경멸, 도를 넘는 친절이나 병적 자기 과시 등이 수치심을 감추려는 방어기제로 발현되기도 한다.

그렇다면 어떻게 하면 될까? 발표를 한 번도 망쳐보지 않은 사람은 없을 것이다. '망쳤다'라는 게 어차피 스스로의 주관적인 판단이고 자신에 대한 기대치가 개인마다 다르다 보니, 누군가의 기준에는 더없이 완벽해 보이는 발표라 할지라도 정작 본인은 망했다고 생각하는 경우도 있기 마련이라, 스스로의 기준에 '망했다'라는 경험, 한 번도 없는 사람은 없을 듯하다. 그런데 발표를 망쳤다고 모두가 불안증을

홍당무는 이제 안녕

갖게 되는 건 아니다.

우리 발표 불안인의 가장 큰 문제는 앞서 말한 것처럼 긴장하는 자신의 모습을 거부하고 싫어한다는 점이다. 사람들 앞에서 말을 한다는 것 자체만으로도 부담스러운데 목소리, 시선 처리, 손동작, 자세, 기승전결 흐름과 짜임새, 발표 자료 준비 등 신경 써야 할 게 한두 가지가 아니다. 더욱이 긴장 속 발표 경험이 아직 많지 않은 상태이거나 청자가 어려운 사람들일 경우 혹은 그날 심적 물리적 상태가 좋지 않다거나 준비가 제대로 안 되어 있는 상황일 경우 긴장은 배가 된다. 그런데 발표 불안인들은 스스로에 거는 기대가 너무 커서인지 아니면 잘했다고 평가하는 기준 자체가 높아서인지, 남들 눈에 멀쩡해 보이는 발표도 끝내고 자리로 돌아오면서 '오늘도 떨었다', '역시나 망쳤다'로 혼자 결론을 내리고 자책하기 시작한다. 이게 말썽이다.

떨리는 것에 대한 거부감을 내려놓아야 한다. 발표 불안으로부터의 탈출은 아주 간단한 사실을 인식하는 것으로 시작할 수 있다. '긴장하는 건 아주 자연스러운 거다. 당연한 신체 반응이다. 내가 괴로운 이유는 긴장하는 걸 거부하는 내 마음에서 비롯된 것이다.'

긴장을 거부하는 마음. 떨고 있는 자신이 용납되지 않는 마음. 초조하고 애가 타고 어찌할 바를 모르는 건, 실은 긴장이라는 지극히 당연한 신체 반응을 거부하고 있는 내 마음 때문이라는 걸 받아들이는 게 중요하다.

나는 실은 얼굴이 붉어지는 게 싫었던 게 아니라 별거 아닌 발표 하나에 긴장한 티를 내는 내 모습이 싫었던 거다. 나는 요즘 긴장해서 얼굴이 달아오른다 싶으면 '얼굴 좀 빨개지면 어때?', '얼굴 홍조가 뭐 대수라고?' 이런 생각을 하면서 긴장감을 흘려보낸다. 마음을 고쳐먹는다고 한순간에 바로 불안감을 내던지듯 떨쳐낼 수 있었던 건 아니었다. 꾸준히 반복적으로 연습을 하긴 했다. 중요한 건 인식이다. '자연스러운 신체 반응을 용납 못 했던 내 마음이 문제다'라는.

발표 전
불안 증후군

발표 불안을 만나지 않았더라면 조금 다른 인생을 살지 않았을까?

나는 발표를 하기 전 온갖 불안 증세에 시달리다가, 막상 발표가 시작되면 상태가 멀쩡해지는 자칭 '발표 전 불안 증후군'을 앓았다. 이 증상은 삶을 외롭게 만든다. 겉으로 보기에는 아무런 증상이 없어 보이기 때문에 다른 사람에게 털어놓기도 어렵다. 딱히 힘들어 보이지 않는데 뭐가 문제냐며 소소한 호들갑이라고 생각하기도 하고 어떻게든 발표 자리를 피하고 싶은 내 속마음과 달리 단순히 하기 싫어서 피하는 사람으로 오해받기도 했다.

발표 자리가 있기 며칠 전부터 밤잠을 설치고 입맛이 없어지고는 했다. "내일이 오지 않았으면"을 중얼거리다가 잠이 들기 일쑤였다. 발표 당일이 되면 아침부터 가슴이 너무 쿵쿵 뛰어서 가슴팍에 통증을 느낄 정도였다. 발표를 시작하기 일보 직전엔 참 고통스러웠다. 머리가 멍해지고 입안이 바짝 마르고 등에는 땀이 또르르, 손바닥은 축축해지는 극도의 긴장 상태를 겪었다. 그런데 막상 입을 열기 시작하면 긴장이 어느 정도는 가라앉는다. 아주 가끔 긴장 상태가 계속 유지될 때도 있긴 하지만 대부분 발표를 시작하면 말하는 내용에 집중하면서 긴장 상태가 비교적 진정이 되기는 한다. 그래서 더 괴롭다.

멀쩡해 보이는데 뭐가 문제일까? 문제다. 실은, 더 문제다. 막상 시작하면 아무렇지 않은데 발표 시간 전까지 아주 힘든 시간을 보내고 발표가 끝난 다음 밀려오는 허탈감은 무어라 설명하기도 어렵다. '시작만 하면 큰 증상도 문제도 없는데 도대체 이게 뭐라고 며칠 내내 잠도 못 자고 밥도 못 먹었을까?' 하는 생각에 마음이 사막처럼 황폐해지곤 했다.

"사람들 앞에서 얘기할 때 혹시 긴장하세요?" 내 눈에 아주 외향적으로 보이는 사람들을 만나면 가끔 물어본다. '그런 거 긴장을 왜 해요'를 이마에 붙이고 있을 것 같은 사람도 대부분 "그럼요, 떨리죠"라고 답한다. 문제는 다음이다. "그런데 긴장은 누구나 다 하잖아요. 그냥 그런가 보다 하고 할 말에 집중하다 보면 긴장감 같은 건 원래 사라지게 되어 있어요."

하지만 그렇지 않다. 이게 '그냥 그런가 보다'라고 할 수가 없다. 누군가에게는 고작 발표 전 느끼는 긴장감 정도일 수 있지만 내가 느꼈던 불안감은 지독한 고통이었다.

발표 불안 증상은 대개 목소리가 잘 나오지 않거나 엄청나게 떨리거나 혹은 염소 목소리가 나기도 하고, 무릎이 부들부들 흔들리고, 식은땀이 나기도 한다. 또는 머리가 멍해져서 할 말을 순간 잊어버리기도 한다. 이 증상 자체만으로도 충분히 힘들다. 그런데 한 단계가 더 있다. 사람들 앞에 서서 그냥 말만 하면 되는, 그 쉬운, 별거 아닌 일에 가슴이 답답하고, 긴장되어 잠을 못 자는 내 모습이 '너무 우습고 한

홍당무는 이제 안녕

심해 보이는' 단계에 이르는 점이다. 이 자괴감 때문에 한 번 더 괴롭다. 발표 순서와 자리만 지나가고 나면 아무 일 없었다는 듯 멀쩡해지고 그 시간이 다시 오면 불안 증상이 반복되고 증상이 가라앉으면 스스로가 한심하게 느껴진다. 이런 감정들이 쌓이면서 불안 증상이 더 심해진다. 발표 불안 증상이 지속되고 반복되면 자존감이 녹아내리기 마련이다.

나는 외관상 긴장한 티가 많이 나지 않음에도 발표 자리 자체가 너무 무겁고 불편해서 20대, 30대 커리어 상 중요한 시기에 좋은 기회를 많이 놓쳤다. 날 선 자존심 덕분에 학교 동기나 직장 상사, 동료들에게 제대로 말 한 번 못 꺼내고 혼자 꿍꿍대며 십 년을 넘게 고생했다. 커리어에 아주 도움이 될, 업무적으로 날개 달고 공중 부양할 수 있는 큰 기회를 발표 자리가 포함되어 있다는 이유만으로 거절하거나 피하기도 했다.

발표 불안에서 조금 더 일찍 벗어날 수 있었다면 유학을 가는 대신 직장 생활을 조금 더 오래 했을 것 같다. 그럴듯한 이유를 만들어 퇴사하긴 했지만 돌이켜 생각해 보니 핑계인 경우가 많았다. 발표 자리를 겁내지 않았더라면 나서야 하는 업무가 많았던 팀장 자리를 굳이 관심 없는 척 연기를 하지 않았을 듯하다. 또는 이야기꾼의 삶을 살게 되지 않았을까? 나는 사람들과 무리 지어 어울리는 걸 좋아하고 그 속에서 에너지를 얻는 외향적 인간이었음이 분명하다. 넘치는 호기심으로 숱한 사고를 치고 그 뒷감당을 하는 과정에서 생긴 일화를 이야기로 만들어 여기저기 다니며 강연하고 있었을지도 모르겠다. 별것 아닌 것처럼 보이는 발표 불안은 이처럼 삶의 방향을 좌지우지할 수도 있다.

행복에
필요 없는 것들

삐뚤어진 자기애가 생기면 자신을 객관적으로 보기가 어렵다. 내가 어떤
사람인지 스스로 질문을 던져보는 시간은 인생의 길잡이가 되기도 한다.

고등학교를 졸업할 때까지 나는 내가 어떤 사람인지, 언제 행복해하는지, 어떤 사람들과 어울릴 때 즐거운지 등에 대해 깊고 진하게 살펴본 적이 딱히 없었다. 선생님 말씀 잘 듣고 공부 열심히 해야 하는 줄 알고 살다보니 어느새 스무 살 성인이 되었고, 그러다 대학교 1학년 겨울, 스페인어 전공자는 아니었지만 좋은 기회가 닿아 멕시코로 어학연수를 가게 되었다. 멕시코 중서부 할리스코주에 있는 과달라하라에서 두 달 정도 지내다 왔다.

멕시코에서 학교에 다니는 동안에 친구들과 어울리다가, 그간 살아온 20년 동안 너무 당연해서 궁금해해 본 적 없는 것들에 대해 의문을 가지게 되었다. 내 성姓은 왜 한 음절이고 이름은 두 음절인 건지. 나는 황인종인데 왜 피부색이 미국에서 온 백인 친구보다 더 하얀 건지. 나는 왜 허리를 숙여 인사를 꾸벅하는 건지. 밀가루 반죽을 얇게 펴 구운 토르티야에 고기를 올린 후 상추쌈 싸듯 먹은 게 왜 멕시코 친구들이 눈물을 흘릴 정도로 박장대소할 일인지. 첫 출발은 문화적인 것이었지만 어느 날부터 의문의 초점이 점점 '나'에게 맞춰지기 시작했다.

과달라하라 곳곳에는 "플라사plaza"라고 부르는 공원이 있다. 크기도 다양하고 구조도 각양각색인데 우리나라 공원과 닮은점은 주말에 사람들이 아주 많이 모여든다는 점이다. 토요일이나 일요일 점심시간이 지나면 할머니, 할아버지, 엄마, 아빠, 아이들로 이루어진 무리들이 공원 군데군데에 옹기종기 둘러앉아 있는 모습을 쉽게 볼 수 있었다. 사람들 사이로 작은 노점들이 열리는데 담배를 한 개비 단위로 팔기도 하고 탄산음료도 작은 종이컵으로 한 잔, 각종 술도 한 잔씩 팔곤 했다. 사람들이 어느 정도 모였다 싶으면 공원 한가운데에 광대 차림을 한 사람이 관객을 불러모았다. 그러고는 무작위로 몇 사람을 지목해서 나오게 한 뒤 옆에 세워 두고 찬란한 입담으로 사람들을 웃기고 울렸다. 그사이 비슷한 차림의 다른 멤버가 물건을 팔기도 하고 모자를 들고 돌아다니면서 동전을 받기도 했다. 이 광경은 멕시코 어딜 가나 볼 수 있는 그들의 주말 일상이었다.

그리 깨끗하지 않은, 조금은 허름한 공원. 그 바닥에 방석이나 돗자리 하나 없이 너무 편하게 앉아 있는 사람들. 한창 또래 친구끼리 어울리고 싶을 법한 나이대의 청소년들이 할머니 무릎을 베고 풀밭에 누워 있거나 아빠 팔짱을 끼고 바닥에 앉아 있는 모습, 끊어지지 않는 대화, 웃음을 준 광대에게 아주 후하게 팁을 주는 사람들. 벤치에 혼자 앉아 이 모습을 물끄러미 바라보다가 문득 이런 생각이 들었다. '저런 웃음에, 행복에 그리 많은 것들이 필요하지는 않구나…'

따뜻한 햇볕, 옆에 같이 앉아 있는 가족, 시원한 음료수 한 잔, 고소한 간식 하나. 공원을 한가득 채우고 있는 많은 사람의 얼굴에 듬뿍

홍당무는 이제 안녕

서린 행복은 아주 소소한 것이 만들어 내는 듯했다. 나는 왜 행복에 많은 조건이 붙어 있다고 생각했을까? 왜 위를 보고, 앞만 보고 살아야 한다고 생각했을까? 나는 언제 행복하다 느끼는 건지, 나는 뭘 할 때 즐거운 사람인지 궁금해지기 시작했다. 내 인생의 목적은 무엇인지, 왜 태어났는지, 앞으로 어떤 인생을 살아야 할 것인지. 내가 낯설게 느껴졌다. 나와 가장 많은 시간을 보내는 사람은 나인데 우습게도 나는 스스로에 대해서 아는 것도 별로 없고 그리 궁금해한 적도 없다는 걸 깨달았다.

이렇게 내 사춘기는 스무 살 겨울, 멕시코 과달라하라 공원에서 시작되었다. 이 사춘기를 거치면서 나는 '어떻게 살아야 행복할까'에 대해 제대로 깊게 고민하기 시작했다. 수많은 질문이 떠올랐지만, 그중에서도 우선 '무슨 일을 하고 살아야 행복할까'에 대한 질문에 집중했다. 2년 가까이 많은 생각을 했다. 내가 좋아하는 것, 싫어하는 것, 에너지를 충전하게 되는 요소, 집중하고 있을 때 시간이 훌쩍 가는 일은 뭐가 있는지, 무엇을 못하고 무엇을 잘 한다고 생각하는지 등에 대해 틈날 때마다 노트에 정리를 하고 또 했다. 나보다 인생을 더 산 사람들의 남긴 흔적과 자취를 살펴보기도 했고, 많은 사람에게 질문을 던지며 다양한 답을 듣기도 했다. 굳이 시간을 만들어 혼자 배낭여행을 다니며 생각을 다듬어 보기도 했다.

그에 대한 답으로 '그냥 내가 하고 싶은 일을 하자'고 나와 합의를 봤다. 진도를 조금 더 나가서, 내가 일을 정하는 기준에 '내가 끌리는 사람인가', '내가 성장할 수 있는 일인가' 이 두 가지를 더했다. 시간을 들여 파악해 본 나는 관계 중심적인 사람이다. 나와 잘 맞고 매력적이라 느끼는 사람으로부터 에너지를 받는 유형이고, 같이 일하는 사람이 중요하다고 생각했다. 그리고 어제보다 오늘을, 하나라도 더 새로운 걸 배우고, 조금이라도 더 나은 사람이 되었다는 걸 느꼈을 때 오는 성취감에 행복해한다는 걸 깨닫기도 했다.

생각을 마무리한 뒤 20대와 30대에 나는 이 세 가지 기준으로 일을 택했다. '내가 하고 싶은 일인가?', '매력적이라고 느끼는 사람이 있는 조직인가?', '내가 성장할 수 있는 일인가?' 그러다 보니 산업 분야, 내 전문 분야에 상관없이 여러 일을 하게 되었고 뜻하지 않게 내 경력은 여러 산업 분야를 넘나들게 되었다.

어떻게 살아야 행복한지에 대해 고민은 비단 일에만 영향을 끼친 건 아니었다. 발표 불안에 한창 힘들어하고 있을 때 온전히 자괴감에 매몰되지 않도록 나를 잡아주기도 했다. 또한 내 안의 컴컴한 목소리는 그냥 성격 탓이니 어쩔 수 없다는 말을 반복하며 나를 무기력하게 만드는 순간에도 '그래도 방법이 있지 않을까?'라는 희망 회로를 돌릴 수 있게 도와주기도 했다. 비록 14년이 지난 후이긴 하지만, 종국에는 발표 불안에서 벗어나야겠다는 결심을 하게 된 계기도 '나는 지금 과연 행복한 걸까?'라는 질문을 반복하면서였다.

긴장하는 자기 모습을 거부하고 억지로 괜찮은 척하다 보면 이해하기 어려운, 희한한 색깔의 자기 연민이 생긴다. 이 연민이 반복되

홍당무는 이제 안녕

면 삐뚤어진 자기애가 생겨 객관적으로 보기가 더욱 어렵다. 다소 낯설기도 하고 어색할 수도 있지만 내가 요즘 어떤지, 나는 어떤 사람이 되어가고 있는지, 나는 지금 행복한지에 대한 질문을 스스로 던지다 보면, 실은 원래 그런 게 아니라 이상한 늪에 빠져 있다는 게 조금 보일지도 모른다.

나를 만나는 시간, 한 번 가져보는 건 어떨까?

불안에는
반드시 원인이 있다

원래 타고난 게 아니라 원인이 있을지도 모른다고 의문을 품는 것만으로
도 불안증에서 한걸음 빠져나올 수 있다.

월간신문 《청년의사》에 실린 정신건강의학과 전문의 오동재 박사의 글 중 발표 불안의 원인에 대해 아래와 같이 정리된 내용이 있다.

○ 발표 불안이 있는 사람들은 완벽히 하려는 경향과 자존심이 센 성격인 경우가 많고 예민한 자율신경계를 갖고 있어서 보통 사람이 긴장했을 때보다 더 심하게 긴장하는 반응이 나타남.
○ 양육환경이 문제일 수 있음. 성격은 유전되는 부분이 많지만 부모의 양육태도에 의해서도 많은 영향을 받음.
○ 중요한 경험도 발표 불안을 일으키는 데 한 역할을 함.

내가 지금까지 직간접적으로 겪어본 발표 불안의 원인도 이와 비슷하다. 나는 발표 불안의 주요 원인을 아래와 같은 세 가지로 나누어 보았다.

○ 스피치와 관련된, 정신에 지속적인 영향을 주는 격렬한 감정적 충격을 경험한 경우.
○ 트라우마가 생길 정도의 큰 충격은 아니지만 발표할 때 긴장한 상

태를 지속적이고 반복적으로 경험한 경우.

◦ 성장 과정에서 억압을 받아 심리적으로 위축이 되어 있는 경우.

한정형 사회 공포증의 일환인 내 발표 불안의 원인은 완벽히 하려는 경향, 예민한 자율신경계, 격렬한 감정적인 충격, 이 세 가지에 해당한다. 완벽히 하려는 경향이나 센 자존심, 예민한 자율신경계, 이건 인정하는 게 어렵지 않다. 그런데 나는 나에게 발표와 관련된 격렬한 감정적인 충격 같은 게 있을 리가 없다고 생각했다. 그래서 내 불안증의 가장 큰 원인이 트라우마라는 것을 알아차리는 데 꽤 오랜 시간이 걸렸다.

위 발표 불안 원인의 세 가지 유형 중 첫 번째에 해당하는 사람은 의외로 단시간 내 좋아질 가능성이 높다. 격렬한 감정적인 충격은 묘한 자기방어기제에 의해 왜곡이나 자발적 기억 상실증으로 삭제되었을 여지가 어느 정도 있기 때문에 나처럼 스스로 인지하지 못 하고 있을 수도 있다. 그래서 그 트라우마 경험을 기억해 내고 선을 넘는 긴장감이 원래 그런 게 아니라 원인이 있다는 걸 받아들이면, 어느 정도의 연습과 훈련은 필요하지만, 생각보다 짧은 시간 안에 불안증을 털어버릴 수도 있다. 두세 번째의 경우는 시간이 상대적으로 조금 더 걸릴 수도 있다. 그러나 시간이 걸릴 뿐이지 결국 좋아진다.

발표 불안의 주요 원인을 세 가지로 분류하긴 했지만, 사람마다 원인이 참으로 다르다. 그렇기에 불안 증세를 극복하기 위해서 나의 원

홍당무는 이제 안녕

인을 면밀히 살펴보는 것이 중요하다. 내가 직간접적으로 접한 '발표 불안러' 대부분은 불안 증세가 트라우마 때문이었거나 혹은 성장 과정에서의 가정 폭력, 폭언, 억압 등의 경험 때문이었다. 원인을 날 것 그대로 들여다보는 것이 썩 내키는 일도 아니고 쉬이 되는 것도 아니긴 하다. 그렇지만 마음 단단히 먹고 원인에 대해 파고 파다 보면 두 가지를 알 수 있다.

첫째, 그 당시 나의 주관적 해석으로는 충격적인 경험이었을 수 있지만, 현재의 내 눈에는 '그럴 수도 있는' 일일 수도 있다. 혹은 그 당시에는 이해할 수 없었던 무언가가 현재의 나에게는 엄청난 일이 아닐 수 있다. 둘째, 스스로도 이해하기 어려웠던 내 불안증과 그에 수반되는 여러 이상한 증상들이 어느 정도 납득이 된다. 이 두 가지는 발표에서 긴장을 느끼는 자신에 대한 자책감을 덜어주고 내게 맞는 해결 방법을 찾아 나가는 데 큰 역할을 한다.

변화를 위해서는 내 현재 상태를 알아야 하고 그러려면 당연히 '원인'을 알아야 한다. 원인이 무엇인지 파악이 되면 극복을 위한 다음 단계로의 진입이 훨씬 수월하다.

어느 날 내게
날벼락이 떨어졌다

충격이 너무 크면 사건 하나가 기억 속에서 깡그리 지워지기도 한다. 괴롭더라도 트라우마를 꺼내서 들여다보는 시간이 필요하다.

14년 만에 "이대로는 더 이상 안 된다" 외치며 찾아간 스피치 학원 수업 첫날, 종이 한 장을 앞에 두고 스스로의 트라우마에 대해 써보는 시간을 가졌다. 그런 게 있을 리가 없다고 생각했다. 내게 발표 불안과 관련된 격렬한 감정적 충격 같은 게 있을까? 꽤 긴 시간 깊은 생각에 잠겼다.

'발표를 피해 다니기 시작한 게… 대학교 3학년 때쯤인 것 같은데… 왜지? 왜…?'

이럴 수가. 내게 트라우마가 있었다. 날벼락 같은 트라우마가 있었는데 십수 년 동안 까맣게 잊어버리고 있었다. 어떻게 그럴 수가 있었을까? 더욱이 놀라운 건 나는 내 발표 불안에 원인이 있었을 거라고 궁금해해 본 적이 단 한 번도 없었다는 거다. 불안의 늪이 이리도 무섭다. 정상적인 사고 과정을 방해한다.

대학생이 된 지 3년째 되는 여름이있다. 미국 정치인을 중심으로 스무 개 정도의 국가가 참여하는 국제문화교류 기구에서 주최하는 정기 모임이 홍콩에서 열리게 되었고, 그 기구의 한국지부 운영팀으로 활동 중이었던 교수님의 추천으로 그 행사에서 스피치를 하게 되었다. 국제기구 활동 행사에서 하는 스피치라서 처음에는 긴장도 되고 걱정이 되기도 했지만, 같이 준비를 해주는 분이 있었고 두 달간의 시간 여유가 있다는 말을 듣고 어느 정도는 안심했다. 대본이 있는 스피치고 시간도 넉넉하니 차근차근 준비하면 괜찮겠거니 생각했다. 홍콩에서 여러 나라 정치인, 학생, 저명인사 앞에서 스피치를 한다는 사실에 마음 한편 뿌듯함이 느껴지기도 하고 설레기도 했다.

준비 과정은 그리 힘들지 않았고 어느덧 출국일이 되었다. 홍콩으로 가는 비행기 안에서 기분이 마구 들떴다. '초청'을 받아서 행사 참여 차 가는 외국 방문은 당시 대학교 3학년이었던 20대 초반의 나에게 일생일대 빅 이벤트였음이 분명했고, 이는 내게 특별한 흥분과 기분 좋은 두근거림을 주었다.

4박 5일의 여정 중 행사는 사흘 동안이었고 내 스피치는 셋째 날 오전이었다. 홍콩에 도착한 첫날은 같이 간 일행들과 홍콩 시내 투어를 했다. 나 외에도 다른 학생들이 몇몇 더 있었고 교수님, 한국지부 담당자와 같이 홍콩 여기저기를 둘러보았는데 일행 중 나이가 가장 어렸던 나는 소풍 간 어린아이처럼 일행 꽁무니를 신나게 쫓아다녔다.

행사 첫날, 영어권 학생들이 먼저 스피치를 시작했다. 그런데 내가 준비해 온 것과는 사뭇 달랐다. 두 달간 준비했던 내 스피치는 조금 '어른스럽고 진지한 톤'에 주제도 그리 가볍지만은 않았는데, 첫날 행사장 청중석에 앉아 들었던 다른 나라 학생들의 스피치는 20대 학생들의 명랑함과 활기가 느껴졌고 딱 그 나이의 학생이 얘기할 수 있는 20대 초반다운 주제들이 대부분이었다.

스피치를 같이 준비한 교수님도 나와 같은 생각이었는지 행사 첫째 날 저녁에 함께 원고를 수정하기로 했다. 전체의 흐름은 그대로 두고 원래의 주제를 조금 가볍게 재해석해서 원고를 다시 썼다. 원고 수정 작업은 행사 둘째 날 밤늦게 마무리되었다. 다행스럽게도 다른 학생들이 대본을 단상 위에 올려 두고 읽으면서 이따금 청중과 눈을 마주치는 정도여서 대본을 차분히 읽기만 하면 되겠다 싶었던 터라 큰 부담은 없었다.

드디어 행사 셋째 날이 되었다. 나는 그날 한복을 입었던 것이 기억 난다. 내 이름이 호명되자 색이 고운 한복 치마를 손끝으로 가볍게 말아 쥐고는 무대 옆 작은 문을 열고 들어가 단상 앞에 섰다. 숨을 한 번 고르고 행사장에 모인 사람들을 주욱 한번 둘러보았다. 긴장되기는 했지만, 마음의 여유가 제법 있었다. 발표를 시작하기 전 긴장감 속 자신감과 여유는 '내 20대 마지막 여유'였음을 그때는 몰랐다. 이날 이후 10년이 넘도록 고통스러운 발표 불안에 시달리게 되리라는 것도 전혀 예측하지 못했다.

고개를 빳빳하게 들고 시선만 살짝 아래로 내리면서 어젯밤까지 깔끔하게 정리해 둔, 두 번 고이 접혀 있는 에이포 용지 영문 원고를 천천히 펼쳤다. 연습한 대로 입꼬리를 살짝 올리면서 인사부터 시작하려 했다. 그러려고 했다. 그런데 다섯 장의 스피치 원고 첫 장 첫머리에 쓰여 있어야 할 "Hello, everyone 안녕하세요, 여러분"이 보이지 않았다. 대신 손으로 쓴 문장 두 개가 있었다.

제이드 스트리트에 가서 옥팔찌 하나 꼭 사다줘야 해. 거기에 특이한 옥으로 된 팔찌들이 많대.

심장이 멈출 것만 같았다. 떨리는 손으로 얼른 다음 페이지를 넘겨 보았다. 혹시나 하는 마음에서였다. 내 기대를 무참히 저버린 두 번째 페이지 첫머리에는 이런 글이 있었다.

홍콩 맛집 리스트! 너의 입맛에 맞을 것 같은 식당 위주로 정리를 했음. 점보 레스토랑 강력 추천! 광둥요리 전문점인데 코스 처음에 나오는 게살 수프가 나는 너무너무 맛있더라고.

다리에 힘이 스르르 풀렸다. 내가 원고인 줄 알고 챙겨 왔던 종이 뭉치는 이틀 동안 호텔 방에서 교수님과 열심히 썼던 스피치 원고가 아니었다. 홍콩이 처음인 나에게 친구들이 에이포 용지에 선물과 맛집, 홍콩 명소 리스트를 장난 가득히 잔뜩 써서 준 그 종이였다. 아침에 호텔 방에서 나오면서 테이블 위에 있던 종이 뭉치를 스피치 원고라 착각하고 가방에 넣었던 것이다. 하늘이 무너져 행사장 바닥이 지하 저 아래로 꺼지는 것만 같았다.

홍당무는 이제 안녕

지금 생각해 보면 영혼이 빠져나갈 정도로 당황하지 않아도 될 일이었다. 두 달간 준비했던 원고가 머릿속에 온전히 다 들어 있었고 수정 원고도 내가 직접 썼으니 준비했던 스크립트를 바탕으로 스피치를 끌고 나갔어도 되었다.

문제는 그게 아니었다. 기대 어린 낯선 시선들, 여러 나라에서 온 사람들의 호기심 어린 눈빛들 앞에 태어나 처음 느껴보는 긴장감을 가득 짊어지고 떨리는 손을 진정시키며 펼쳤던 원고에 스피치 스크립트가 아닌, 친구들이 써준 선물 리스트를 보고 완전히 정신이 나가버렸다. 몇 초 정도 온몸의 감각 기관이 멈춘 것 같았다. '정신줄을 놓는다'라는 게 어떤 뜻인지 온몸으로 느낀 순간이었다. 내 눈앞에 보이는 광경들과 귀에 들리는 소리들이 아득하고 희미하게 느껴졌다.

무심코 고개를 돌린 그 자리에, 무대 위에 오르기 전에 열고 들어왔던 문이 눈에 들어왔다. 순간적으로 단상에서 내려가 그 문을 열고 나가버리고 싶은 충동이 생겼다. 흠칫 옆으로 반의 반 걸음 정도 움직이기까지 했던 것 같다. 그 자리에서 도망가 버리고 싶었다. 하늘로 솟아버리거나 땅으로 꺼져버리고만 싶었다. 아주 오랜 시간 동안 나는, 긴장하면 내가 서 있는 곳에서부터 가장 가까운 데에 있는 문을 찾는다. 긴장이 폭발하면 문손잡이를 열고 나가는 상상을 하곤 했다. 그 시작이 여기, 홍콩의 단상 위에서 본 문손잡이라는 걸 후에 알게 되었다. 사람의 심리라는 게, 기억이라는 게, 트라우마라는 게 참 신비롭다.

솔직히 그다음에 무슨 일이 있었는지 정확하게 기억이 나지 않는다. 스피치를 하긴 했다. 끝나고 박수를 받은 기억은 있다. 그런데 무슨 말을 어떻게 했는지 전혀 기억나지 않는다. 스피치가 끝나고 자리로 돌아온 내내 일생일대 빅 이벤트를 제대로 망쳤다는 좌절감에 짓눌려 있었고, 세상에서 제일 우울한 사람의 얼굴을 한 채 울적한 마음으로 귀국을 했다는 것만 기억난다.

이 사건 이후 나는 사람들 앞에서 말하는 게 꺼려지기 시작했다. 한동안은 단상이나 교실 앞에 나가기만 하면 홍콩에서 그날 본 사람들의 눈빛과 표정이 떠올라서 머릿속이 하얘졌다. 앞에 나가 이야기 풀어내기를 좋아하던 아이는 사라지고 없었다. 발표 원고에 집착하고, 발표를 피해 다니고, 발표 전 혼이 쏙 빠지게 긴장하고, 발표할 때의 작은 실수 하나에도 민감하게 반응하는 발표 불안인만 남았다.

이 사건이 떠오르고 나서야 받아들일 수 있게 되었다. 나는 원래 그런 사람은 아니었다는 것을. 낯을 가리고 극히 내성적이라 하기에는 새로운 사람들과 어울리는 걸 너무 좋아했던 나에 대한 그 오랜 의문이 풀렸다. 나는 홍콩의 행사장 단상 위에서 하늘이 무너져 바닥이 지하 저 아래로 꺼지는 것만 같았던 그 경험으로 마음에 생채기가 나면서 발표와 관련된 사고가 고장난 거였다.

발표 불안의 괴로움에서 벗어나는 시작은 원인이 있음을 인식하고 알아차리는 것이다. 타고 나기를 소심하고 내성적이어서 발표가 괴로운 게 아니라 '원인이 있는 문제'를 안고 있기 때문이라는 걸 깨닫는 것이 중요하다. 나의 경우, 이 원인을 깨닫고 난 후 불안의 감정으

홍당무는 이제 안녕

로부터 두세 걸음 거리가 생겼다. 그래서 어떻게 하면 좋아질지에 대해 고민하기 시작했고, 그러면서 꾸준히 방법을 찾고 내게 맞는 여러 시도를 반복했다. 수차례 시행착오 끝에 결국 발표 불안 탈출에 성공했다.

수치심이 만든
완벽주의

발표 불안 덕분에 스페인에서의 내 대학원 시절은 원고 쓰는 시간으로 얼룩졌다. 나는 수치심이 두려워서 발표 전에 원고를 쓰고 또 썼다. 아, 아까운 시간이여.

나는 발표 원고에 상당히 집착했다. 조금 중요하다 싶은 발표가 있을 때면 원고를 꼼꼼하게 쓴 다음, 잠을 줄여가며 단어 하나하나까지 모두 외웠다. 이게 실제로 긴장감을 줄여주지는 않았다. 그럼에도 대본을 준비하지 않으면 마음이 이상하리만치 불편해서 아무리 바쁘고 피곤해도 어떻게든 시간을 만들어 대본을 쓰고 외웠다. 불필요한 시간을 많이 쓰긴 했지만, 회사에 다닐 때는 그나마 할 만했다. 발표가 매일 있는 것도 아니어서 가끔 잠 적게 자는 게 감당 못 할 정도는 아니었다. 그런데 대학원에서는 달랐다.

내가 다닌 대학원은 학기 중에 수업이 거의 매일 세 과목이나 있었다. 수업 준비 차 읽어야 하는 주제별 사례 연구케이스 리뷰가 하루에 두세 개 정도였는데 사례 연구 하나를 읽고 소화하고 분석하는 데 짧게는 한 시간 길게는 서너 시간이 걸릴 때도 있었다. 오전 9시에 첫 수업을 시작해서 오후 5시에 수업이 끝나면 저녁을 먹고 새벽 한두 시까지는 다음날 수업 준비로 깨어 있기 일쑤였다. 과제를 준비하는 자체만으로도 버거운데, 그 와중에 그 과제를 발표하기 위한 대본을 쓰고 그걸 통째로 외운다? 악몽이었다.

사실 악몽이라는 단어로 표현하기도 민망하다. 나는 발표 불안에서 벗어나기 위해서 잠을 줄여야 했다. 실수하지 않기 위해, 떨지 않기 위해 밤을 꼬박 새우며 준비하는 발표 대본. 이 얼마나 쓸데없는 에너지 낭비인가? 발표로 인해 받는 스트레스 지수가 지구 대기층을 뚫고 나갈 정도였고, 계속되는 불안증은 내 영혼을 좀먹었다.

시간이 지나도 발표에는 도무지 익숙해지지 않았고 대본 준비는 계속되었다. 지칠 대로 지친 나는 이런저런 핑계를 대며 발표 담당을 피하기 시작했다. 발표를 맡은 사람은 당연히 다른 조원보다 내용을 좀 더 꼼꼼하게 보고 전체 맥락도 파악해야 하고 매끄러운 발표를 위해 별도 준비를 해야 했는데, 내가 상습적으로 발표에서 발을 빼다 보니 동기들이 조금씩 눈치를 주기 시작했다.

지금 와서 생각하니 차라리 솔직하게 털어놓았더라면 좋았겠다 싶지만, 그때는 그럴 수가 없었다. "나는 발표 직전까지의 긴장감이 너무 과해서 발표보다는 다른 부분을 좀 더 맡아서 하고 싶어. 괜찮을까?"라고 양해를 구했더라면 어땠을까? 대학원 시절의 나는 온몸에 허세와 힘이 잔뜩 들어가 있던 터라 '발표 불안러'임을 고백하는 게 실상 불가능에 가까웠다. 앓느니 눈을 감아버리자는 심정이랄까. 덕분에 나는 80개국 이상의 나라에서 온 450명의 동기와 교류하고 함께 멋진 시간을 보내고 각 과목별 공부를 신나게 소화하며 날씨 좋고 아름다운 유럽의 한 도시에서의 삶을 즐길 수 있었던 소중한 시간을, 잠까지 줄여가며 발표 대본을 쓰느라 너무 허비를 많이 했다. 지금 생각해도 참 슬프다.

홍당무는 이제 안녕

나는 왜 그렇게 준비에 집착했을까? 수치심 때문이었다. 긴장해서 '발표를 제대로 못했다'는 생각이 들 때면 왠지 모르게 싸움에 진 기분이 들었고, 알 수 없는 수치심에 사로잡혔다. 이 수치심은 어떤 논리도 이유도 비집고 들어가기 어려운 빽빽하고 촘촘한 완벽주의를 끌어냈다. 완벽주의가 나를 더 우울하고 불안하게 만든 이유는 완벽, 흠이 없는 구슬이라는 뜻의 이 단어에 부합하는 것이 현실적으로 존재하지 않기 때문이다. 결함이 없이 완전하다. 세상에 그 무엇이 '완전'할 수 있을까? 한 번 수치심을 느낀 사람은 완벽해야 한다는 강박에 빠지기 쉽다. 그 수치심을 다시 느끼지 않기 위해 비이성적이고 충동적이고 자기 파괴적인 행동이나 생각을 하기도 한다.

죄책감이 자신의 행동에 대해 스스로를 책망하는 마음이라면 수치심은 자기 스스로에 대해 떳떳하지 못한 부정적인 마음이다. "발표 준비를 제대로 안 한 내 행동은 잘못됐어. 그래서 나는 발표를 망쳤어"는 죄책감이고, "발표를 제대로 못 한 나는 바보 같아. 멍청하게 발표를 다 망쳐버렸어"는 수치심이다. 죄책감은 양심과 같은 나의 내적 기준에 기인한 거라면 수치심은 타인의 시선과 같은 외적 기준에 의한 감정이다. "더 준비를 많이 했어야 했는데 소홀했어"는 죄책감, "준비가 소홀했던 내 발표를 보고 사람들이 우습게 봤을 거야"는 수치심이다. 죄책감은 다음 행동에 동기 부여가 되기도 하지만 수치심은 다음 행동을 할 에너지를 고갈시킨다. 어떻게? '완벽주의'를 통해서. 완벽주의. 내 수명을 깎아 먹고 내 영혼을 흐려놓았던 완벽주의.

발표 불안은 이렇게 영혼을 좀먹는다. 내 영혼을 건강하게 지키기 위해서는 실수하고 긴장하는 내 상태를 있는 그대로 받아들일 수 있어야 한다. 실수하는 내 모습, 긴장하는 내 모습을 받아들이는 작은 여유가, 완벽히 하려고 고군분투하다 제 수명을 깎아 먹으며 바싹 말라가는 것보다 훨씬 낫다.

홍당무는 이제 안녕

기질이
태도가 되지 않게

사람들 앞에 서서 긴장되는 게 과연 무언가 노력을 한다고 좋아질 수 있을까? 나아질 수 있을까? 있다. 마음가짐은 애를 쓰면 바뀐다.

한 토크 콘서트에서 진행자가 이렇게 질문했다. "본인이 내성적이라고 생각하는 분, 손들어 보세요." 친구와 나란히 앉아 있었는데 나는 손을 슬쩍 들었고 친구는 가만히 있었다.

"지금 손드신 분은 내성적인 사람이 아니에요. 내성적인 사람들은 손드는 동작처럼 사람들 눈에 띄는 행동을 잘 안 합니다. 손 안 드신 분 중에 진짜 내성적인 사람들이 있는 거예요." 옆에 앉아 있던 내성적인 친구가 피식 웃었다.

기질氣質, Disposition : 어떤 사람의 타고난 성질.

태도態度, Attitude : 어떤 일이나 상황 따위를 대하는 마음가짐. 또는 그 마음가짐이 드러난 자세.

심리학에서 기질은 '자극에 대한 민감성이나 특정한 유형의 정서적 반응을 보여주는 개인의 성격적 소질'이다. 또 기질을 '유전적'으로 '타고난' 특성들의 결합이라 한다. 즉 기질은 신천적이다. 기질을 바꾸고 싶으면 다시 태어나는 방법밖에 없다.

나는 꽤 오랜 시간 동안 나 자신이 내성적인 기질을 타고난 사람이라고 여겼다. 내성적인 성격 때문에 스피치가 불편한 것이고, 불편한 정도가 고통스럽고 괴로워도, 다시 태어나지 않는 한 이걸 바꾸기 어려울 거라고 받아들였다. 그런데 내성적이라고 하기에는 모순이 많았다. 건강하지 못한 사고에는 허점과 모순과 오류가 많기 마련이다.

내 문제를 기질이라 인정해 버리면 변화가 비집고 들어갈 틈이 없다. 노력은커녕 '좋아질 수도 있지 않을까' 하는 희망해 볼 공간조차 전혀 없다. 그런데 이걸 '스피치에 대한 내 태도'라고 생각하면 상황이 다르다. 원래 그랬던 게 아니라 어떤 이유에서인지 발표를 하는 것에 대한 내 마음가짐, 태도가 바뀌어서 긴장하는 것이라면 원인을 찾고 편안해질 방법을 찾아볼 수 있을 법하다.

나는 지치고 피곤할 때도 사람들과 어울리며 에너지를 충전하는, 전형적인 외향형 인간이다. 책을 읽을 때도 조용한 곳보다는 사람 소리가 들리는 카페에서 읽는 걸 더 좋아한다. 나를 들여다보고 내 안에서 즐거움을 찾는 것도 좋긴 하지만 사회적 관계를 맺으며 그 속에서 만족감을 느끼는 걸 더 선호한다. 그런데 발표할 때만 되면 극 내향형 인간으로 변신했다. 나는 발표 앞에서만 내성적이 되는, 선택적 혹은 변신형 외향인이었다.

내 문제를 '내성적인 기질' 때문이라고 인정해 버리면 변화가 비집고 들어갈 틈이 없다. 노력은커녕 좋아질 수도 있지 않을까 하는 희망해 볼 공간조차 전혀 없다. 그런데 이걸 '스피치에 대한 내 태도'라고 생각하면 상황이 다르다. 원래 그랬던 게 아니라 어떤 이유에서인지 발표를 하는 것에 대한 내 마음가짐, 태도가 바뀌어서 긴장하는 것이라면 원인을 찾고 편안해질 방법을 찾아볼 수 있을 법하다.

그런데 본디 내성적인 기질인 사람은? 타고나기를 내향적인 사람은 발표와 담을 쌓고 살아야 하나? 아니다. 우리는 흔히 내성적인 것과 소심한 것을 착각하곤 한다. 내성적인 건 성격의 영역이다. 여러 사람들 틈에 있으면 쉽게 방전되고, 작은 자극에도 민감하게 반응하기 때문에 혼자 있는 것을 좋아하며 새로운 관계보다는 익숙한 사람들과 지속적인 만남을 더 선호하는 '기질'이다. 반면 소심한 것은 상황 속에서 취하는 행동이나 모습이다. 소심함의 사전적 의미는 '대담하지 못하고 조심성이 지나치게 많다'다. 즉 내성적인 사람도, 외향적인 사람도 상황에 따라서 대범해지기도 하고 소심해지기도 한다는 것이다.

내성적인 사람은 발표가 불편할 수 있다. 그렇지만 필요에 따라서는, 조용한 목소리로 차분히, 대범하게 발표를 곧잘 한다. 태생적으로 내성적인 사람이라 할지라도 발표가 불편하긴 하지만, 긴장이 되긴 하지만, 이내 마음을 가다듬고 초조함을 흘려보낸다. 발표 불안은 없지만 발표가 너무 힘든 내성적인 사람? 발표가 너무 고통스러운 내향적인 사람? 발표가 힘들고 어려운 건 기질 때문이 아니다. 태도와 기질을 혼동한 상태에서 '나는 원래 이런 사람이니 어쩔 수 없다'라고 부러 체념하고 낙담하지 말자.

당신인가요,
내 인생의 롤 모델이?

인정받고 싶은 욕구가 이글이글 불타오르는 내가 조금 낯설었다. 닮고 싶은 대상이 있다는 것만으로도 때로는 충분히 강렬한 동기 부여가 된다.

발표 불안으로 자존감도 손상되고 사고도 불안정했지만, 늘 비틀거렸던 것만은 아니다. 잠을 잘 자고 잘 먹고 잘 쉬면 원래의 내 모습으로 돌아오곤 했다. 나는 대체로 틀에 박혀 있는 것보다는 자유로운 상태를 선호했다. 대학 4학년이면 으레 하는 취업 준비 대신 '내가 하고 싶은 일을 편하게 하자'라는 생각으로 여기저기 기웃거리며 재미있어 보이는 일을 사냥하러 다녔고, 토익을 보러다니는 것보다는 여러 외국어 공부에 손을 댔다. 대기업 채용 공고보다는 내가 할 수 있는 간단한 아르바이트에 더 집중했고 소소한 일이든 보잘것없어 보이는 일이든 기회가 닿으면 가리지 않고 열심히 했다. 보수를 많이 주든 적게 주든 전혀 개의치 않았다. 그냥 했다. 그러다 아주 끌리는 사람을 만났다. 내게 에너지를 마구마구 주면서 동시에 인정받고 싶은 욕구를 강렬하게 불러일으키는 사람이었다.

그날도 여느 날처럼 어디 재미난 일 없나 어슬렁대고 있을 때였다. 우연히 길을 지나다 작은 가게들이 여럿 모여 있는 상가 입구에서 한 정당의 지구당^{당시 여당이었던 정당} 사무실에서 공문 교정 아르바이트를 구한다는 공고를 봤다. "오, 새롭다. 재미있어 보이는데?"

전화를 걸어 문의해 얼른 집에 가서 이력서를 만들어 지구당 사무실에 갔다. 화려한 간판에 반해 허름해 보이는 문이 인상적이었다. 문을 열고 들어가니 약간 졸린 눈을 한 직원은 내게 아르바이트 이력서 제출을 안내했고, 서류가 담긴 봉투를 건네고 인사 후 문을 열고 나오다가 문득, 문 바깥쪽에 붙어있는 행사 포스터가 눈에 들어왔다. 아르바이트를 뽑는다는 건 교정볼 사람이 현재 없다는 건가 싶어서 포스터를 유심히 살펴봤다. 그때 등 뒤로 어떤 분이 쓱 나타나서는 무슨 일로 왔는지 물었다. 때마침 포스터에서 오타를 하나 발견한 참이어서 그 일을 매개로 그분과 복도에 서서 이런저런 이야기를 나누게 되었다. 다소 진부한 전개이긴 하지만, 그분은 지구당 인사권자였고 나는 그 자리에서 채용되어 그다음 주 월요일부터 바로 출근했다.

일은 재미있었다. 지구당에서 나가는 모든 서류가 나를 거쳐야 해서 처음 보는 신기한 지구당 발행 문서 내용을 구경할 수 있었다. 더 흥미로웠던 건 '그분'이었다. 사람들은 지구당 전체 운영을 담당하던 그분을 "부장님"이라고 불렀다. 당시 내 눈에는 부장님이 초능력자처럼 보였다. 오전 9시에 출근해서 6시에 퇴근하기 전까지 부장님은 온갖 일을 다 처리했다. 지역 대표자를 만나고, 외부 행사를 준비하고, 정책 관련 회의를 하고, 여러 단체장과 미팅을 하고, 빡빡한 일정 사이사이에 강연, 공연 사회, 박물관 관리 업무, 별의별 기획서를 다 만들고. 곁에서 지켜보는 것조차 벅찰 정도였다. 신기한 건 부장님은 그 와중에도 늘 에너지가 넘쳤다. 6시에 퇴근하고 나서도 각종 술자리와

홍당무는 이제 안녕

모임, 저녁 행사 등 늦은 시간까지 일정이 꽉 차 있었다. 그 와중에도 항상 주름 하나 없는 정장 차림에 가지런한 머리, 건강해 보이는 얼굴, 힘이 넘치는 걸음걸이까지 흐트러짐이 없었다.

나는 부장님에게 꽂혔다. 사춘기가 지난 후 누군가에게 그토록 강하게 매료된 건 처음이었던 듯하다. 나도 그분 같은 초능력자가 되고 싶었다. 사무실에서 교정 업무를 보는 짬짬이 스토커처럼 몰래몰래 부장님의 일거수일투족을 지켜보았다. 내가 도울 수 있는 일이 있을까 해서였다. 시작은 세탁소에 정장 맡기기, 김밥 사오기였다. 그리고 시간이 흐를수록 내 오지랖은 진화했다. 도움이 점차 '관여'로 바뀌다가 급기야 다음 질문을 지르고 말았다. "부장님, 그 기획서 마무리 말인데요. 제가 조금 해봐도 될까요?"

교정 아르바이트생 나부랭이 입에서 나오기에 그리 적절한 문장은 아니었다. 얼토당토않은 맹랑한 제안이었다. 그런데 부장님은 무슨 생각이었는지 한번 해보라고 권했다. 긍정적인 답을 기대하고 던진 말이 아니었는데 의외였다. 나는 엄청 신이 나서 충성을 다하자는 마음으로 기획서에 몰입했다. 한 달 반 정도 잠을 어떻게 잤는지 밥을 제대로 먹긴 했는지도 모를 정도로 그 일에 빠져 살았다. 당시 내가 동원할 수 있었던 모든 인맥과 가진 모든 에너지를 꾹꾹 욱여넣고 불어넣어 기획서 뒷부분을 완성했다. 결과는 부장님의 '엄지 척'이었다. 내 노력과 정성을 좋게 봐주었다. 기획서를 시작으로 지구당에서 지원하는 지방 선거 후보자들 연설문 준비, 홍보물 준비부터 부장님이 개인적으로 손대고 있던 여러 사업과 프로젝트에 조금씩 함께했다. 그러다 지구당 위원장님이 재선으로 국회의원이 되었을 때 부장님은 보좌관으로, 나는 정책 비서로 같이 국회에 입성했다. 마흔 살이 넘은 지금 생각해 보면 부장님은 여러 분야에 상당한 지식과 경험을 가진 '제너럴리스트'였다.

"모든 일에는 패턴이 있어요. 어떤 일이라도 잘 살펴보면 일정한 형태나 유형이 있기 때문에 실은 '하늘 아래 완전히 새로운 일'이라는 건 없다고 생각합니다."

부장님은 이 말을 자주 했다. 부장님과 비슷한 나이가 되었을 무렵, 나도 이 문장을 쓰기 시작했다. 실은 이 말을 하고 싶어서 무던히 노력했다. 그러기에는 상당한 분투가 필요했다. 함정이 있는 워딩이었기 때문이다. 나는 "새로운 일"이라는 건 없다고 이해했는데, 핵심은 "완전히"에 있었다. 부장님은 제너럴리스트임과 동시에 기획자였다. 당시에 나는 기획자가 어떤 일을 하는 사람인지에 대한 감이 전혀 없었다. 그래서 꽤 오랫동안 "새로운 일이라는 게 없다고? 세상사 모든 일이 다 신기하기만 한데?" 상태에 머물렀고, 무턱대고 오만 가지 일에 손을 대며 살다가 어느 시점에 다다랐을 때 자연스레 이해했다, 부장님의 의도를.

그는 내 롤 모델이었다. 부장님을 닮고 싶다는 생각을 아주 많이 했

홍당무는 이제 안녕

다. 어떤 일이 주어졌을 때 '부장님이라면 이때 어떻게 하셨을까?'라고 되뇌어 본 적도 숱하게 많다. 동시에 여러 회사 일을, 여러 분야의 일을 한 번에 맡아볼 생각을 하게 된 것도 부장님의 영향이 크다. 경험이 전무한 새로운 일에 무턱대고 덤벼들 수 있었던 것도 어린 나이에 부장님과 함께한 여러 일들 덕분이었다. 최근에 나와 일을 같이 시작한 지 얼마 안 되는 20대 직원이 회식 자리에서 "대표님은 도대체 뭐 하는 분이에요?"라는 질문을 했다는 걸 전해 듣고 결국 부장님과 비슷해진 건가, 싶은 생각에 웃음이 났다.

부장님과 국회로 들어가서는 그리 오래 함께하지 못했다. 정치 쪽은 내가 잘 모르기도 했고, 성장할 수 있는 일인지에 대해 물음표가 생겼다. 나는 부장님과 하는 다양한 일이 참 좋았는데 보좌관 타이틀을 단 부장님은 보좌 업무에 집중해야 했다. 일할 때 사람이 자체 발광을 한다며 나를 기특해하시던 부장님의 예리한 레이더에 부쩍 의기소침해진 내 모습이 포착되었고, 우리는 아주 긴 대화를 나누었다. 부장님은 나를 지구당형 인간이라 국회 업무에는 잘 안 맞는다고 유쾌하게 결론을 내주었다.

대화를 통한 산뜻한 끝맺음은 부장님이 내게 준 큰 선물이었다. 부장님과의 이 첫 '맺음' 덕분에 나는 이후 여러 조직에서 퇴사할 때 웃으면서 마무리할 수 있었다. 마무리의 과정이 아주 상식적이었고 매끄러웠으며, 서로에 대한 존중이 있었고, 나름 아름답기까지 했다. 20여 년이 지난 지금도 부장님과 나는 간간이 프로젝트를 같이 하는, 서로 인간적으로 존중하며 비즈니스적으로도 꾸준히 좋은 관계를 유지하고 있다.

부장님은 태생적으로 연예인 기질이 다분한 사람이다. 무대 울렁증 같은 건 세포 어디에도 한 톨 없을 듯하다. 얼마 전 같이 차 한잔을 하다가 부장님께 살다가 사람들 앞에서 말하는 게 떨리거나 긴장해 본 적 있냐는 내 질문에 "긴장을 왜 해요. 주목받는 게 얼마나 기쁜 일인데. 난 그런 거 몰라요"라고 대답했다. 같이 일하는 동안에는 발표 불안을 전혀 느낀 적이 없었다. 왜냐하면 내가 발표할 일이 전혀 없었기 때문이다. 나는 그림자처럼 옆에 따라다니며 보조하는 역할인 데다가 발표 건이 있을 때 슬쩍 밀어도 개의치 않으셨다. 내가 공개 석상에서 발표한 적이 한 번도 없다는 걸 인지하지도 기억하지도 못 할 듯하다.

부장님과 함께 보낸 시간을 통해 나는 인정받고 싶은 대상을 만난다는 건 아주 크게 성장할 기회임을 배웠다. 어린 나이에 부장님 같은 좋은 분을 만나 인정받기 위해 미친 듯이 일에 몰두하는 법을 알게 되었다. 직장에서 본받고 싶고 따르고 싶은 상사를 만나는 것만큼 큰 행운이 있을까? 그 후로 나는 어느 직장을 가든 매의 눈으로 롤 모델이 있는지 살펴봤다. 어느 조직이나 일정한 숫자의 또라이가 존재한다는 '또라이 질량보존의 법칙'처럼 희한하게도 어디를 가든 본보기로 삼을 만한 멋진 사람은 늘 있었다. 안 보이는 경우, 편법으로 눈높이를 살짝 낮추어서라도 한 분 찾아내면 직장 생활이 즐거워질 뿐만 아니

홍당무는 이제 안녕

라 부지불식간에 쑥쑥 성장할지도 모른다. 일단 찾아내고 나면, 온 에너지를 불태워 보자. 인정을 받고 안 받고는 다음 문제다. 내가 할 수 있는 모든 방법을 동원해 재밖에 안 남을 때까지 스스로를 태워보면 내 한계가 어디인지, 내가 어떤 일을 잘하고 못 하는지 한층 명확히 잘 보인다.

칭찬은 자존감의
바로미터

생각은 내 사고의 산물이자 자아의 또 다른 모습이 아니다. 생각도 일종의
버릇이다. 즉 마음먹기 나름이다.

편안한 마음으로 발표하기 위해서는 불안한 감정이나 사고를 싹 걷어 내는 것이 중요하다고 전문가들은 말한다. 그런데 그게 쉽지 않다. '생각아, 다들 나가라' 하고 속으로 아무리 외쳐도 요지부동이다. 그러면 어떻게 하면 좋을까? 내가 만든 부정적인 생각을 논리적으로 반박하며 그 생각들을 떨쳐 버리기 전에, 우선 나를 좀 다독이고 사랑하는 행위가 필요하다. 긴장하면 안 된다고 자신을 다그치다가 정서적으로 어딘가 고장이 나버린 것 같은 나와 친해질 시간이 필요하다. 친해지려면 조금 아픈 나와 건강한 나 사이에 신뢰 관계가 생겨야 하는데, 이 두 자아가 서로 잘 알지도 못하고 불만만 많이 쌓여 있는 상태면 곤란하다.

나를 다독여 주고 사랑하는 데는 칭찬만한 게 없다. 그 별거 아닌 일에 쪼그라드는 못난 인간, 발표 따위에 긴장하는 별 볼 일 없는 사람, 사람들 앞에 서면 덜덜 떨리는 모자란 이. 나에 대한 부정적인 평가는 나를 어느 한 지점에 옭아매어 꼼짝 못 하게 만든다. 앞으로 나아가려면, 좋아지려면 먼저 칭찬으로 나와 대화하는 데 물꼬를 트는 일이 필요하다.

내 개인적인 경험으로는 발표 불안을 앓고 있는 사람들 대부분은

심성이 참 곱다. 발표 불안은 대개 타인의 시선을 과하게 받아들이며 자신을 죄는 증상이다. 그래서 '발표 울렁증러' 중에는 타인과의 공감 능력이 뛰어나고 사회성이 발달한 사람이 많으며, 또 마음이 곱고 상 냥한 사람이 많은 편이다. 남들에게 피해가 가든 말든, 타인이 불편해 하든 말든 무소의 뿔처럼 독야청청 모든 게 내 위주인 나밖에 모르는 사람이 발표 불안에 시달릴 확률은 상대적으로 적다. 고로 발표 울렁 증이 있는 사람은 칭찬할 거리가 아주 많은 사람일 확률이 높다.

누가 그랬다. 밉다 밉다 하면 미운 짓만 골라 하고, 예쁘다 예쁘다 하면 예쁜 짓만 한다고. 처음에는 '나 참 예쁘다', '어쩜 이리 맘에 드 니', '좀 괜찮은데' 중에 하나 골라서 거울 앞에 서서 무턱대고 읊는다. 칭찬은 고래만 춤추게 하는 게 아니라 마음속 저 깊은 곳 단단한 바닥 에 가라앉아 있는, 나로부터 소외되었던 내 마음들을 두둥실 떠오르 게 한다. 무조건적인 칭찬 다음으로 내 장점에 대해 생각해 보는 것도 도움 된다. 되도록 구체적으로, 단점은 굳이 시간을 할애해 생각해 보 지 않아도 수시로 떠오를 테니 장점에만 집중하는 게 좋다. 하루에 한 번, 양치나 샤워 직후에 거울 앞에 서서 나에게 내 장점을 들려주는 것도 좋은 방법이다. 거울 속의 내가 보여주고 들려주는 스스로의 근 사한 모습을 감상하는 것, 강력하게 추천하고 싶다. 처음에는 어색하 기도 하고 이게 뭐 하는 짓인가 싶기도 하지만 조금씩 익숙해지면 효 과가 꽤 있다. 사람의 마음이 참 희한한 게 내가 가진 좋은 부분에 대 해 계속 생각하고 또 그걸 말로 표현하다 보면 나도 모르게 자신감이 조금씩 생기는 기분이 든다.

홍당무는 이제 안녕

마음이 조금 밝아졌다 싶을 때, 부정적인 생각을 논리적으로 반박하며 사라지게 만드는 걸 시도해 보는 게 좋다. 나는 이렇게 해보았다.

1. 나도 모르게 '긴장하면 안 된다' 같은 당위적인 생각이 떠오르면 '나쁜 거야'라고 반복적으로 되뇌었다.

"나는 이런 발표 따위에는 절대 긴장하면 안 된다."
▸▸ 이건 나쁜 거야. 긴장하는 건 당연한 거야. 어떻게 긴장을 안 해?

"긴장한 티가 나는 것은 멍청이 같다. 절대로 티가 나면 안 된다."
▸▸ 아주 나쁜 생각이네. 긴장한 티가 나는 건 당연한 거야. 긴장 좀 하면 어때.

"얼굴이 붉어진다는 건 기싸움에서 밀리는 일이다."
▸▸ 말도 안 돼. 정말 나빴다. 얼굴은 붉어질 수도 있어.

"긴장으로 심장이 빨리 뛰는 건 내가 약해 빠졌다는 거다."
▸▸ 이런 생각은 정말 나빠. 설레는 기분이 들 때도 심장이 빨리 뛰잖아? 긴장으로 심장이 빨리 뛰는 건 당연한 거야.

"절대 실수하면 안 된다."
▸▸ 이런 생각은 정말 나쁜 거야. 실수할 수도 있지. 실수 좀 하면 어때.

"나는 뭐든 잘해야 한다."

▶▶ 말도 안 돼. 참 나쁘다, 이런 생각. 뭐든 잘하는 사람이 세상에
어디 있어.

"사람들 앞에서 발표할 때는 늘 평정심을 유지할 수 있어야 한다."

▶▶ 이런 생각 자체가 나쁜 거야. 평정심을 어떻게 늘 유지할 수 있
겠어. 적당한 불안과 긴장은 듣는 사람들이 내 얘기에 더 집중
할 수 있는 양념이 되기도 해.

2. '반드시 잘해야 해', '절대 실수는 안 돼'라는 생각이 들 때 그 생각
자체를 단호히 거부했다. 나를 불안하게 만드는 감정은 스스로 만
들어 내는 거라는 생각을 끊임없이 하는 게 중요하다. 삐뚤어지고
건강하지 못한 생각들이 나를 좀먹고 있다고 생각했다.

"나는 스스로를 건강하게 보호해야 할 의무가 있는 사람이다."

3. '사람은 원래 감정의 방향과 강도를 조절할 수 있는 거래. 내가 잘
조절 못 하는 건 지금 내가 합리적이지 않고 비약적인 생각을 하고
있어서 정서에 장애를 겪고 있는 중이라서 그런 거야' 같은 생각을
반복적으로 되뇌었다.

긴장될 때마다 습관적으로 떠올릴 수 있도록 반복적으로 연습했다.

홍당무는 이제 안녕

부정적이고 불안한 감정이 떠오를 때마다 '이건 나쁜 거야'를 반복하며 그 생각 자체를 사라지게 만들어야 한다. 이런다고 사라질까? 그렇다. 사라진다. 별거 아닌 것 같지만 효과가 정말 컸다. 오랜 시간 함께해 온 부정적인 생각을 한 번에 툭 떼어 낼 수는 없다. 그렇지만 다른 잡념을 걷어내고, 발표 시작 전 머릿속을 꽉 채우는 나쁜 생각이 떠오를 때마다 '이건 내가 만드는 거야. 이건 나쁜 거야'를 되뇌며 단호하게 거부하는 걸 착실하게 반복했다. 결과적으로, 효과가 아주 컸다. 허무할 정도로.

생각에 나만의 버릇이 있고 또 그 버릇을 바꿀 수 있다는 얘기는 처음 들으면 낯설다. 긴장되면 떠오르는 생각들은 마치 내 자아의 일부와 같았다. 내 생각은 곧 나라서 내가 하는 생각은 나이기 때문에 떠오르는 내 본연의 모습이라 받아들였다. 그런데 말을 배운 지 얼마 안 되는 어린아이처럼 '이건 나쁜 거야. 이건 아니야. 이건 내가 만드는 거야'와 같은 어쩌면 얼핏 듣기에 유치찬란한 말로 머릿속에 꽉 차 있던 부정적인 생각들을 내보내니, 정말로 그 자리에 마음을 편히 해주는 착한 생각들이 들어왔다. 이게 뭐야 싶을 정도로 "어, 어…" 하는 사이에 내 생각의 방식이 바뀌었다. 유치해 보일 수 있지만 한 번 해보자. 어차피 우리 모두, 아이가 자라서 된 어른이다.

우연과 기회

멕시코에서 일하게 된 계기는 조금 엉뚱했다. 돌이켜 보면, 광고 회사에서 휴일에 받은 전화 한 통이 나를 멕시코, 온두라스, 콜롬비아, 인도 그리고 스페인까지 안내한 셈이다. 인생에서 스치듯 찾아오는 기회를 내게 머물게 만드는 방법이 있다.

나는 20대와 30대의 많은 시간을 중남미에서 보냈다. 학교도 다니고, 출장으로도 가고, 현지로 파견을 나간 적도 있고, 취업한 적도 있다. 서울에서 광고 회사에 다니다가 어느 날 갑자기 멕시코로 가서 한동안 지인들이 많이 궁금해하긴 했다.

어느 날 모임에서 오랜만에 만난 친구가 일을 참 잘하는 광고 회사가 하나 있는데 채용 중이라며 소개해 줬다. 그 이야기를 듣자마자 이력서를 준비했고, 면접 당일에 조금 일찍 도착해서 응접실 같은 장소로 안내를 받아 대기하는 중이었다.

"하늘 아래 새로운 기획이 어디 있니? 다 똑같아. 패턴이 있기 마련이잖아." 기다리는 동안 대기실 맞은편에 있던 회의실 문이 살짝 열려 있어서 소리가 밖으로 새어나와 본의 아니게 엿듣게 되었다. 목소리가 엄청 크신 한 분이 끌고 가는 논리의 기승전결이 정말 유쾌하고 재미 있었다. 진중하고 빈틈없는 상사와 일을 하는 게 익숙해져 있을 때라 웃음 범벅의 업무 대화는 사뭇 색달랐다. 내 면접은 그 회의실에서 바로 시작되었고, 사장님과 회의실의 주 화자였던 이사님이 면접관으로 들어왔다. 회의실에서의 유머가 내 면접에까지 계속 이어지는 않았지만, 예리하면서도 배려 깊은 두 분의 질문은 인상적이었다. 내가 맡게 될 기획 일도 재미있어 보였고 엉성하고 서툰 내 답변 사이에 나도 모를 행간의 의미를 읽고 있는 것 같은 이사님의 눈빛도 흥미로웠다.

'여기다, 내가 일할 곳은.'

광고 기획 업무는 내 적성에 맞았다. 사원 직급의 내가 맡은 일은 광고주 미팅 일정 관리, 자료 준비, 시장 조사, 간단한 기획서 작성 정도였지만, 처음 접해 보는 일들이 많았고 광고주의 피드백에 따라 수시로 기획 방향이 바뀌는 것도 참 재미있었다. 일정에 맞추느라 인쇄소 여기저기를 뛰어다니기도 했고, 홍보에 쓰이는 모형을 만들러 공장에 오가기도 했다. 몹시 바쁜 몇 달을 보내고 난 어느 휴일, 내 인생의 방향을 확 바꿔버린 사건이 하나 생겼다.

공휴일이지만 광고주 미팅을 앞두고 준비할 자료가 많아서 출근을 한 날이었다. 2층 내 자리에서 평화롭게 시장 분석 데이터 도표를 만들고 있는데 사무실로 전화가 왔다. 사장님을 찾는 한 외국인의 전화였는데, 같이 일하고 있는 파트너인데 급한 일이 생겨 집 전화, 휴대폰 다 걸어봐도 연결이 되지 않아서 사무실로 연락했다고 한다. 아니, 그렇게 말한 것 같았다. 정확히 알아듣기가 조금 어려웠다. 오늘은 쉬는 날이라 사장님이 출근을 안 했으니 성함과 연락처, 메시지 남기면 전달하겠다고 하자 수화기 너머의 외국인은 무슨 말인지 이해를 못

홍당무는 이제 안녕

했다며 다시 한번 느리게 말해줄 수 있겠냐고 했다. 찬찬히 단어 하나씩 다시 얘기하고 있는데 갑자기 "아, 무슨 말인지 모르겠어. 어떡하지"라는 스페인어가 들렸다. 남미로 내 인생이 옮겨가는 서막이 열리는 시점이었다.

당시 사장님은 광고 회사와 별도로 멕시코에 벨소리, 배경화면 등의 모바일 콘텐츠를 제공하는 합작법인 설립을 진행 중이었다. 오랜 지인이 멕시코에서 사업을 시작해서 함께 투자했고, 입사한 지 몇 달 되지 않았던 나는 여기에 대해 들은 바가 전혀 없었다. 그런데 멕시코 측 자금 담당자가 중요한 서류를 한국으로 보내는 과정에서 중대한 실수를 했고 급히 사장님에게 여러 통로로 연락을 시도하던 차에 사무실에 건 전화를 내가 받은 상황이었다. "스페인어를 조금 알아듣습니다. 편하게 말씀하세요."

휴일에 전화를 받은 직원이 멕시코식 스페인어를 한다는 게 현지 사무실에 알려진 후 내 아웃룩 이메일 함에 스페인어로 된 메일이 쏟아지기 시작했다. 난데없이, 또 예고 없이 새로운 일을 하게 되었다. 이사님은 새로운 팀이 꾸려지기 전까지 '임시로' 하게 될 업무라고 했지만, 국내 모바일 콘텐츠 제작 업체들과의 미팅이 시작되면서 광고 회사에서 다뤄본 적 없는 여러 종류의 일이 계속 늘어났다. 광고 업무만 쭉 해왔던 차장님, 과장님의 불만이 쌓일수록 내게 오는 일의 양이 많아졌는데 나는 그 일들이 참 재미있었다.

"다음 주에 멕시코 출장 잠시 다녀옵시다." 한 마디에 바로 짐을 싸서 난생처음 해외출장이라는 것도 가봤다. 일주일 예정이었던 출장이 갈수록 기간이 점점 늘어났다. 스페인어를 구사할 수 있었던 멕시코에서의 내 업무 자체는 입사 전의 잡다한 경험이 아주 크게 쓸모를 발휘할 수 있는 일이기도 했다. 현지 직원들과 호흡도 잘 맞았고 무엇보다 일이 너무 신나고 흥미로웠다. 결국 난 출장이 아닌 파견으로 멕시코에 머물며 일을 하게 되었다.

살다 보면 알게 모르게 많은 기회가 찾아온다. 그냥 스쳐 지나갈 기회를 내 것으로 만드는 방법은 여러 가지가 있을 것이다. 나의 경우, 불평하는 타이밍을 잘 파악하는 것으로 기회를 잡곤 했다. 일을 하다 불만이 쌓이고 불평이 입술 끝에 걸렸을 때 한 걸음 물러나서 숨을 고르고 상황을 살핀다. 우선 불만의 상황이 아래에 해당하는지 헤아리는 것이 중요하다.

- 화가 나는 상황인가?
- 누군가 고의로 만든 상황인가?
- 견딜 수 없이 힘든 상황인가?
- 가만히 있으면 가마니가 되는 상황인가?

이럴 경우, 불평할 말을 정리하고 언제, 누구에게, 어떻게 의사 표현을 하면 좋을지 생각해 본다. 정리되면 입장을 바꿔본다. 듣는 사람이 되어서 어떤 상대가 이런 말을 했을 때 합당하다고 수긍할 수 있는지

홍당무는 이제 안녕

확인한다. 그런 후 가장 좋은 타이밍을 골라 뜻을 전한다. 만약 여기에 해당되지 않는다면 아래 질문을 적용해 본다.

- 어쩔 수 없는 상황인가?
- 누군가는 감당해야 하는가?
- 눈 씻고 찾으면 좋은 점이 보이는 상황인가?
- 내가 오해하고 있는 건 아닌가?

위 상황에 들어맞으면 우선 넘어간다. 가능한 한 좋은 점을 찾아서 하던 일을 계속한다. 그러다 시간이 지나도 변화의 기미가 보이지 않거나 '힘들다' 혹은 '더 이상 못하겠다' 싶을 때 불평할 말을 정리하고 적당한 때를 찾아 마구 살포한다.

휴일 근무도, 광고 회사에 입사해서 다른 일을 맡게 된 것도 실은 어찌 보면 불평이 가능한 상황이었다. 휴일에 회사로 온 전화를 굳이 받지 않아도 되었다. 그런데 어차피 누군가는 해야 하는 일이었고 굳이 눈 씻지 않아도 내게는 장점이 그득 보이는 재미난 일이기도 했다. 결국 이 일에 대한 불평의 타이밍을 잘 잡아서 물론 못마땅함을 드러내긴 했다. 일이 너무 많다고. 그렇지만 적당한 때를 잘 찾았다 그 덕분에 멕시코에서 일할 기회를 잡았다. 이것을 계기로 이후 나의 행보는 온두라스, 콜롬비아, 인도 그리고 스페인까지 이어졌다.

긴장은 생각으로
흘려버려

부정적인 생각이 머릿속을 지배하며 긴장감이 극대화될 때 얼른 관심을
다른 곳으로 돌리면 희한하게도 긴장이 가라앉는다.

발표 불안은 생각의 습관이다. 즉 어떤 특정한 생각이 반복적으로 되풀이되는 과정에서 고착된 나만의 생각 방식이다. 발표와 관련된 내 생각이 대부분 부정적이고 불안감을 유발하는 것과 연결되어 굳어져서 '습관'이 된 상태가 발표 불안이다. 이 부정적이고 불안한 생각에 따라 몸이 반응하는 것이라는 걸 받아들이면 돌파구가 보인다. 생각을 다른 방향으로 바꿔서 그에 따른 몸의 변화를 끌어내는 것이 발표 불안을 극복하려는 핵심 방법의 하나다.

무대 울렁증이 있는 사람들은 자신의 발표가 끝나고 나면 전문 분석가들처럼 자신의 발표를 분석하고 흠을 찾아내 책망한다. 그뿐만 아니라 발표 도중에도 부지런히 분석 활동을 한다. 청중들의 사소한 표정 변화에도 마음이 뜨끔하고 내 목소리가 아주 조금만 떨려도 식은땀이 나고 내 긴장감을 다른 사람들이 알아챘을까 봐 전전긍긍한다. 그러고는 오늘 발표에 무엇이 문제였는지 나는 왜 오늘도 발표를 망쳤는지에 대해서 반성하고 후회하고 좌절한다.

사실 그렇게까지 할 일은 아니다. 당사자도 안다. 그렇지만 불안증은 평소에는 하지 않을 법한 사고방식을 끌어내는 통에, 지나고 나서 보면 아무것도 아닐 일에 어둡게, 과하게 신경 쓰게 된다. 그런데 나는 왜 이렇게 부정적으로 생각하는지, 나는 왜 이렇게까지 예민하게 받아들이는지를 곰곰이 생각해 보면 딱히 이유가 없다. 어느 시점에서부터인가 그렇게 해왔기 때문에 그냥 계속 하는 거다. 즉 습관이 되어 버린 것이다.

오랜 시간에 걸쳐 만들어진 습관을 하루아침에 바꾸는 건 어렵고 개인마다 차이가 크다. 습관적으로 담배를 피우는 사람 중에 금연을 결심한 순간 그 자리에서 바로 끊어버리는 이가 있는가 하면 어떤 사람은 시도, 실패, 재시도를 반복하기도 한다. 발표 불안도 사고의 신념 체계가 명확해서 강력하게 결심하고 습관을 단번에 바꾸는 사람이 있고, 상대적으로 시간이 더 걸리는 사람도 있다. 중요한 건 생각을 바꾸면 몸이 변한다는 것을 받아들이고 이를 실천에 옮기는 행동이다.

그렇다면 어떻게 하면 될까? 말을 시작하기 전이나 발표하고 있는 도중에 불안 증세가 올라올 때면 부정적인 생각도 함께 딸려온다. '저 사람은 표정이 왜 저렇게 안 좋지?', '내 얘기가 지루한가?', '얼굴이 점점 달아오르는 게 느껴지는데, 다른 사람들 눈에도 보일까?' 이런 생각들로 집중력이 흐트러지고 긴장감은 더 진해진다. 사람의 뇌는 참 놀랍다. 분명히 발표하는 중이라 머릿속에서는 말하고자 하는 내용을 준비하기에 충분히 바쁠 텐데도 온갖 주변 환경들이 눈에 다 들어오고 별의별 잡생각이 다 떠오른다. 그것도 대체로 부정적인 것들 위주로. 중심부 생각을 방해하는 주변부 생각들이 마음 여기저기서

홍당무는 이제 안녕

치고 올라올 때가 있다.

그럴 때는 내 감정에 동요를 일으키지 않는 다소 엉뚱할 수도 있는 대상으로 관심사를 돌리면 된다. 습관적으로 자연스럽게 떠오르며 나를 불안하게 만드는 생각 자리에, 발표와 전혀 상관없는 생각을 툭툭 채워 넣는 것이다.

'사무실 천장의 형광등이 참 예쁘게도 생겼다.'
'저 유리창은 청소를 언제 했을까?'
'에어컨 바람이 참 시원하네. 최신 모델인가? 가격은 얼마나 할까?'

온갖 부정적인 생각들이 동시다발적으로 올라올 때, 그 컴컴한 생각들로 머릿속이 하얘지고 긴장감이 극대화될 때 발표 장소의 형광등에 집중적으로 관심을 가지면 긴장감이 어느 정도 가라앉는다. 과연 그럴까 싶을 수도 있는데 과연 그렇다. 형광등에 관심을 가지면 긴장감이 완화된다고? 정말 그렇다. 더 효과적인 다른 방법이 있지만 우선, 첫 출발로 이 방법을 시도해 보는 게 좋다. 불안한 마음이 올라올 때 다른 쪽으로 관심사를 돌리는 걸 시도하는 행위 자체가 아주 중요하기 때문이다. 이는 가슴이 뛰고 얼굴이 붉어지고 땀이 나는 상태가 실은 내가 별생각 없이 무심코 떠올리는 여러 부정적인 '생각'이 만들어 내는 결과물일 수도 있다는 생각을 내가 나에게 심어주는 역할을 한다.

불안한 마음이 막 치고 올라올 때 사무실 형광등에 관심을 주자. 먼지는 없는지 불빛이 너무 밝지는 않은지, 어디서 본 적 있는 디자인인지 궁금해하다 보면 부정적인 생각이 조금 가신다. 생각의 습관, 즉 스피치를 하면서 생긴 불안과 긴장하는 버릇을 흘려버리는 연습을 하자.

사뿐히 즈려밟힌
자존심

불안 증세에 빠져 있을 때는 지나고 나면 아쉽고 후회되는 결정을 하기도
한다. 긴장하는 못난 내 모습을 인정하지 못한 나는 문제의 원인을 애먼 스
페인어에서 찾았다.

멕시코에 파견 근무를 나갔을 때의 일이다. 사무실은 멕시코시티 폴랑코 지역에 있었고 내가 지낸 곳은 같은 건물 10층이었다. 출근은 10시, 점심시간은 1시부터 3시, 퇴근은 6시로 사무실에 내 방도 따로 있었고, 급여 외에 여러 수당이 있어서 생활도 넉넉했다. 회사에서 진행 중이던 프로젝트에는 멕시코 상류층 주요 인사 여럿이 관여되어 있었는데, 같이 일하게 된 동료들이 그 인맥을 통해 구성되었던 터라 대부분 프로필이 화려했다. 20대 중반에 경력도 얼마 없는 내가 누리기 쉽지 않은 호사스러운 근무 환경이었다.

멕시코 통신사와 과금 관련 협의를 하고, 모바일 콘텐츠 서비스를 제공하는 플랫폼 구축, 홍보 마케팅 전략 준비는 물론 한국 업체에서 보낸 배경화면과 벨소리를 멕시코 현지에서 판매 수가 높은 휴대폰에 담아 구현 테스트도 하고 자체 팀을 꾸려 콘텐츠를 직접 제작하는 것이 현지 법인의 주요 업무였다. 회사 내 유일한 한국인이었던 나는 근무 시간 내내 여러 부서에 불려 다니며 별별 일을 다 하는 바람에 많은 동료와 가깝게 지낼 수 있었다.

사실 남미 어느 나라에서 일하든 간에, 매일 보는 동료들과 개인적으로 친해지기 쉬운 편이긴 했다. 바로 인사에 진심인 문화 덕분이다. 지금이야 익숙해졌지만, 예전에는 멕시코 회사의 인사 문화가 참 독특하게 느껴졌다. 출근 시간이면 매일 보는 사람들임에도 한 명 한 명 돌아가며 마치 처음 보는 사람처럼 아주 정성스럽게 인사한다. 또 전날 퇴근 후에 뭘 했는지 한참을 서로서로 묻고 답한다. 퇴근할 때도 오래 못 볼 사람들처럼 아주 열심히 인사를 한다. 서로 뺨을 맞대고 포옹을 하기도 하는 인사 방법 자체가 자주 보는 사람들 사이에 친밀감을 높여주는 것 같기도 하다.

이렇게 매일 인사를 하다 보면 한 사무실에서 일하는 동료들의 일정을 서로서로 다 꿰게 된다. 그러면 여가시간을 어떻게 보내는지도 알고, 결국 취향과 성향에 대해서도 제법 빨리 파악할 수 있어서 코드가 맞는 사람들끼리 뭉치기가 쉬워진다. 여기에 더해, 내 업무 자체가 여러 부서와 맞닿아 있다 보니 회사 내 나와 잘 통하는 사람을 알아보기 좋은 상황이었다.

그러던 중 엉뚱한 곳에서 사건이 터졌다. 가깝게 지내던 동료의 생일이라 집으로 저녁 식사 초대를 받았다. 한껏 차려입고 선물과 꽃을 준비해서 시간 맞춰 도착했다. 그런데 아무도 와있는 사람이 없었다. 멕시코는 약속시간에 관대한 편인데 집으로 초대를 받았을 때는 더 너그럽다. 각자가 원하는 시간에 제각각 도착하곤 한다. 나는 이날 '무심코' 제시간에 도착해버린 거다. 친구네 집 응접실에는 점심때 도착한 친구 아버지의 지인 여러 명이 응접실에 잔뜩 모여있었다. 4층 주택 전체를 한 가족이 쓰고 있었는데 현관을 지나 주차장을 통과해 큰 나무문을 열고 들어가면 1층 전체가 거실이었다. 넓디넓은 거실 한가운데 서서 그 많은 손님과 차례로 멕시코식 인사를 했다. 한 분 한 분 모두가 "우리나라에 온 걸 환영한다", "같이 일하고 있다는 얘기를 들었다", "생일에 와줘서 고맙다", "이렇게 아름다운 동양 아가씨는 처음 본다"는 말과 함께 따뜻하게 맞아 주었다.

길고 긴 인사의 시간이 끝나고 마침내 응접실 소파에 앉았다. 벽난로 앞으로 반원 형태로 소파들이 놓여 있었는데 친구는 나를 제일 가운데 자리로 안내했다. "아구아 데 하마이카"라 부르는 히비스커스 티를 한 잔 들고 어색하게 웃으며 내 주위에 앉은 분들과 이야기를 나누고 있었다, 평화롭게. 그런데 갑자기 손님 중의 한 분이 "동양에서 오신 손님에게 시 한 편을 요청해도 되겠냐"는 청천벽력 같은 말씀을 하는 게 아닌가. 한국어로 시를 한 수 낭송해 달라 요청하는 거다.

'시를? 여기서? 갑자기? 왜? 도대체 왜? 진심으로? 내가 동양 사람이라서? 한시漢詩 때문인가?'

순간 얼음이 되었다. 머릿속이 하얘졌다. 친구에게 구원의 눈빛을 애절하게 보냈지만 읽어내지 못하고 야속하게 박수만 칠 뿐이었다. 옆자리에 계신 분이 부축 비슷한 동작으로 나를 일으켜 세우기까지 했다. 나는 누구인가, 또 여긴 어디인가. 그 시점에 떠오른 시가 하필 김소월 시인의 〈진달래꽃〉이었다. 떨리는 목소리로 몇 소절을 읊었다. 별안간 누군가가 해석을 해달라고 한다. 한 번 더 정신이 육체를 벗어나는 듯했다. 이 시를? 한국어로? '고이 보내 드리오리다'에서 한 번 막히고, '영변 약산'에서 또 막히고, '사뿐히 즈려밟고'에서 다시 막혔다. 심장 박동이 빨라지고 얼굴이 달아오르는 게 느껴졌다. 모두가 나를 빤히 쳐다보고 있었는데 말문이 턱 막혔다. 우물쭈물 당황하고 있는 와중에 거실문이 열리면서 다른 동료와 일행이 들어온 덕분에 어정쩡하게 상황이 마무리되긴 했다.

이후 저녁 식사를 어떻게 했는지, 분위기가 어땠는지 기억이 잘 나지 않는다. 회로가 엉켰다. 기억 자체를 지워버리고 싶었던 듯하다. 지금 와서 생각해 보면 "스페인어가 부족해서 제대로 된 해석이 어렵지만, 이별에 대한 슬픔을 표현한 아름다운 시"라고 웃으며 넘길 수 있는 일이었다. 그런데 그때는 숨이 턱하고 막히면서 아무 생각도 할 수 없었다.

회사에서는 월수금 오전 10시에 전체 업무 회의가 있었다. 이 회의의 첫 시작은 사장님이 주도했고, 나는 통역을 했다. 안건을 먼저 쭉 나열한 후 사장님이 코멘트를 먼저 하고, 건 별로 해당 담당자가 관련 내용을 발표하는 패턴이었다. 사장님이 한국으로 돌아가고 난 이후에도 같은 방식으로 회의를 했는데, 문제는 어쩌다 보니 사장님이 했던 역할을 자연스레 내가 대신하게 되었다는 점이다. 처음에는 얼떨결에 맡아서 했는데, 사회생활을 시작한 지 얼마 안 되는 시점이었고 업무 회의 진행이 미숙해서 그 회의가 불편한 건 당연했다. 회의 시작 전에

홍당무는 이제 안녕

는 종종 긴장을 유달리 많이 한 기억이 난다.

'진달래꽃 사건' 뒤에는 오전 회의가 한층 더 부담스러워졌다. 회의 시작 전 가슴이 답답하고 신경이 곤두섰다. 내 차례에 해야 하는 말을 점검하느라 다른 이가 말을 하고 있을 때 그 내용에 집중하기 어려웠다. 얼굴이 붉어지는 느낌이 들면 가라앉혀 보려고 애를 썼는데, 그럴수록 얼굴이 더 달아올랐다. 시 낭송으로 심리적 회로에 금이 갔는지 '스페인어를 더 잘했더라면 긴장이 덜 됐을지도 몰라'라는 이상한 방향으로 자꾸만 생각이 튀었다. 그러다가 '내 부족한 스페인어 때문에 긴장이 되는 거야'로 조금 더 진도가 나갔고 급기야 '나는 스페인어 공부가 더 필요한 사람이네'까지 생각이 진화했다.

불안 증세가 대개 그렇다. 평소와는 다른 사고를 하게 된다. 본질은 긴장감을 과도하게 받아들이는 상태였는데 원인을 애먼 스페인어에서 찾게 되었다. 당시의 내 스페인어 구사 수준이 현지에서 일하기에 부족하긴 했다. 그렇지만 영어를 섞어 써도 무방했고 의사소통 자체에는 큰 어려움이 없었으며 그 누구도 나에게 '완벽하게 유창한 스페인어'를 기대하지도 않았다. 그럼에도 나는 애꿏은 스페인어 탓만 했다. 발표 불안 증상이 올라올 때면 머릿속에는 '스페인어가 문제야'라는 생각으로 가득 찼다.

멕시코에서 좋은 친구들과 보낸 행복한 시간을 연장하고 싶었던 마음이 있었던 건 분명하다. 그렇지만 굳이 일을 쉬면서까지, 사장님과 이사님이 제안한 여러 조건을 거절하고 학교를 다닐 것까지는 없었다. 내 역할이 줄어서 한국으로 돌아가야 하는 상황이긴 했지만, 멕시코 현지 법인에 남아서 일을 하기를 원한다고 피력했으면 구태여 귀국까지 하지 않아도 됐을 법도 한 상황이었다. 그럼에도 나는 기어이 직장을 그만두고 학교로 들어갔다, 유창한 스페인어를 위해서.

나는 이 결정이 참 아쉽다. 신이 숨겨놓았다가 내게 친히 하사한 것 같은 좋은 조건과 환경의 직장이었다. 어린 나이에 능력 이상으로 인정받았고 보상이나 대우도 아주 좋았다. 그런데 내 손으로 그 자리를 박차고 나왔다. 당시에는 스스로를 설득하기 위해 여러 창의적인 이유를 갖다 대긴 했지만, 결국 찾아낸 근본적인 원인은 오전 회의에 대한 부담감이었다. 내면에 깊이 자리 잡은 불안증으로 다른 동료의 눈빛을 내 마음대로 불리하게 해석하고, 그들의 반응을 혼자 지레짐작하고는 괴로워하고 버거워했다. 다시 이 시간으로 돌아간다면 혹은 이때의 나를 마주할 수 있다면 이렇게 얘기해주고 싶다.

"불안해하지 않아도 돼. 스트레스받지 마. 너는 지금 마음 어딘가가 고장이 나 있는 상태야. 인생의 중요한 결정을 불안에 휩싸여 충동적인 상태에서 내리는 건 슬픈 일이야. 숨을 고르고 동료들에게 얘기해, 자연스럽게. 회의를 진행하는 게 떨리고 긴장된다고. 회의에 참석한 모두가 긴장하고 있을지도 몰라. 초조하고 불안해지면 있는 그대로 그걸 받아들이면 돼. 떨리는 건 자연스러운 거야. 그 자연스러움을 거부하지 마."

홍당무는 이제 안녕

정답이 없는 일에서
자유로워지려면

어차피 상대를 붙잡고 굳이 질문할 것이 아니면, 어떤 상황이든 무조건 나에게 유리하게 해석하자. 어차피 정답은 없으니.

여러 명의 타인 앞에서 말하는 게 아주 불편하게 느껴지는 상태가 되면 다른 사람의 시선에 불필요하게 예민해진다. 이미 내 관심사가 '내 얘기를 듣고 있는 청중'에게 집중되어 있기에 이는 당연한 반응이다. 그래서 발표를 하다가 표정이 좋지 않은 사람과 눈이 마주치거나 발표를 하려고 단상에 섰는데 앉아있는 사람들의 표정이 무관심해 보이고 지루해 보이면, 마음이 불편해지고 긴장이 더 되면서 집중력이 흐트러진다. 이럴 때 유용한 팁이 있다. 무조건 나에게 유리한 방향으로 해석하는 거다.

내 스피치를 듣고 있는 어떤 사람이 나를 미워하는 감정을 담아 매섭게 노려보고 있다고 생각해 보자. 예민해져 있을 때는 나도 모르게 '저 사람은 왜 나를 저렇게 쳐다보는 걸까?', '내가 말실수를 했나?', '내가 얘기한 어느 부분이 기분을 상하게 했을까?' 하는 생각들이 떠오를 수 있다. 그런데 현실적으로, 내가 하는 말을 멈추고 단상 아래로 내려가 그 사람에게 "혹시 저한테 뭐 기분 나쁜 거 있으세요?"라고 물을 수는 없다. 그렇게 할 이유도 없고 하지도 않을 거다. 그렇다면 화자인 나는 그 사람이 왜 나를 그렇게 보는 건지, 내가 무슨 실수를 한 건지, 또는 실제로 그렇게 보고 있었는지, 아니면 나만 공연히 그렇게 느끼는 건지 알 수 없다. 진실을 알 수 없을 때는 유리하게 해석해도 무방하다.

- 화장실에 가고 싶은데 못 가서 화가 났나 봐.
- 기분 안 좋은 일이 있나보다.
- 어디가 아픈가?
- 기분 나쁜 다른 생각을 하고 있겠지.
- 마음 상하는 일이 있었나 봐.

뭐든 좋다. 그게 무엇이든 나와 상관없는, 내 발표와 전혀 관계없는 것으로 해석하면 된다. 불안증은 부정적인 사고를 동반하기 때문에 마음이 불안해졌을 때는 주변 해석이 공연히 나와 연결되고 무엇이든 내 탓인 것만 같은 이상한 생각을 하게 된다. 그게 습관이 되어서 의문을 품을 여지도 없이 자연스럽게 기계적으로 계속 부정적인 사고를 한다. 그럴 때는 그냥 '내 마음대로 유리하게 해석하기'를 시전해 보는 거다. 어차피 꿈이야 어떻든 해몽은 내가 하는 건데 그것을 확인해줄 사람도 없고 진실이 중요하지도 않다. 해몽은 내 자유다. 그 때문에 순전히 내게 유리한 대로 해석할 수 있고 때론 아름답게 각색도 가능하다. 진실을 알 수도 없는 일을 구태여 비관적으로 생각해서 나를 불편하게 할 이유가 없다.

발표하다가 호의적이지 않은 시선이나 부정적인 반응이 보인다 싶

홍당무는 이제 안녕

을 때 '나는 지금 무조건 내게 유리하게 해석해야 한다'를 떠올리며 내 마음 편한 쪽으로 해석하고 그냥 넘기자. 어차피 정답은 없다.

너를 강제로
좋아해 볼 예정이야

인간은 누구나 내가 타인을 보는 관점으로 그 사람도 나를 볼 것이라고 생
각한다. 때문에 내가 다른 사람을 어떤 눈으로 보고 있는지가 중요하다.

"과장님, 방금 말씀하신 거, 무슨 뜻인지 이해를 못 했습니다."

"네? 어느 부분이요?"

"'소비자의 구매 의사결정은 데이터 기반이 아닌 비이성적이고 직관적인 과정에 의한 충동구매가 대부분이다'라고 하셨잖아요? 그런데 앞에서 말씀하신 내용은 그 반대 아닌가요?"

한 전자 회사에서 일할 때다. 소비 심리에 대한 사내 세미나 중 같은 부서 동료가 '소비자의 구매 의사결정에 영향을 끼치는 요소들'에 대해 발표를 하는 중이었다. 내가 듣기에는 앞의 내용과 뒤의 내용이 흐름상 맞지 않았다. 앞에서는 소비자가 생각보다 이성적이라고 하고서는 뒷부분에서는 충동구매가 대부분이라 했다. 지금 와서 생각해 보면 동료는 긴장해서 말실수를 했던 것 같다.

그를 깎아내리거나 공격하려는 의도는 전혀 없이 그저 궁금했다. 왜 앞뒤 내용이 안 맞는지. 그런데 굳이 그걸 발표 중간에 물어봐야 할 이유는 없었다. 궁금해서 미칠 지경이거나, 그 부분을 짚고 넘어가지 않으면 발표자의 다음 내용 전달이 말이 안 맞거나, 발표 내용 전체가 흐트러질 수 있는 상황인 것도 아니었다. 그런데 기어이 그

걸 물어봤다.

평상시의 나는 이렇지 않다. 다른 사람의 말에 불쑥불쑥 끼어드는 타입도 아니고 공감 능력이 크게 부족한 편도 아닌 것 같고 엄청나게 무례하거나 타인을 대놓고 무시하는 유형의 사람은 아니라고 생각한다. 그런데 발표를 들을 때의 나는 조금 다르다. 내 속에 잠잠히 숨어 있던 다른 인격이 불쑥 튀어나오는 느낌이다. 발표 불안에 대해 파고드는 과정에서 알게 되었다. 내 발표 불안의 원인 중의 하나가 다른 사람을 비판적으로 보는 점이라는 것을.

발표 불안의 근본적인 원인은 내가 다른 사람을 바라보는 관점과 관계 있다. 여러 사람 앞에 서서 말하는 것 자체가 이미 불편해진 사람은 청자의 입장이 되었을 때 화자의 발표를 예민하고 꼼꼼하게, 면밀히 살핀다. 이미 발표라는 행위 자체가 의식 속에 큰 이벤트로 자리를 잡았기 때문에 누군가가 발표할 때 맹숭맹숭 건성으로 보기가 어렵다. 날카롭고 깐깐하게 보게 된다. 그런데 아주 중요한 사실이 하나 있다. 사람은 내가 다른 이를 바라보는 방식으로, 다른 이가 나를 그렇게 볼 것이라 받아들인다는 점이다.

그렇기에 내가 다른 사람의 발표를 비판적이고 날카롭게 보면 정작 내가 무대에 섰을 때 다른 사람들도 나를 그렇게 보고 있다고 의심의 여지 없이 당연하게 받아들이게 된다. 내 눈앞에 저 사람들도 내가 저 자리에 앉아서 다른 사람의 발표를 들을 때 하는 것처럼 나를 이리저리 쪼개 보며 냉정하고 날카로운 시선으로 나를 비판 중일 거라고 자연스럽게 생각해 버리는 것이다. 결국 더 떨리고, 실수하지 않으려는 마음에 평소보다 더 긴장된다. 그래서 발표 불안이나 울렁증을 극복하는 핵심 방법 중 가장 중요한 건 바로 '다른 사람을 보는 내 관점을 바꾸기'다.

직장 동료의 업무 보고, 다른 강연자의 세미나 등 청중의 자리에서 다른 사람이 발표하는 걸 듣게 되었을 때, 무조건 사랑을 담아 호감을 꾹꾹 넣어 '나는 지금부터 저 사람을 강제로 좋게 볼 예정이다' 주문을 외워보자.

- 목소리가 어쩜 저렇게 좋지?
- 머리 스타일이 참 잘 어울린다.
- 저 주제를 저렇게 풀어내니 새롭네. 메시지 전달이 더 분명해지는 것 같아.
- 발표자가 저렇게 편안한 자세로 서 있으니까 보는 나도 편안해지는구나.
- 얼굴이 붉어지는 게 사람이 더 인간적이고 솔직해 보여.
- 헛기침하는 거 보니 긴장했나 보다. 긴장 절대 안 할 것 같은 인상인데 의외의 모습이네.

말이 안 되어도 좋고 손발이 오그라들어도 괜찮다. 최면을 걸듯 화자를 사랑과 호감으로 좋게 보려는 무조건적 긍정 시선과 태도를 가지도록 노력해 보는 게 중요하다. 내가 먼저 고운 시선의 청중이 되어 무대 위 사람을 아름답게 보다 보면, 내가 발표할 때 다른 사람의 시선이 점점 다르게 느껴진다. 발표자를 강제로 좋아하는 것에 조금 익숙해지면, 이제 청중이 나를 좋아해 줄 거라고 주문을 외울 차례다.

- 이 공간 안에 있는 모든 사람이 나를 사랑하고 있다.
- 여기 모든 이들이 나에게 호감을 갖고 있다.
- 이 사람들은 나를 '무조건' 좋게 봐주고 있다.

내가 이미 발표자를 긍정적으로 호감인 상태에서 보고 있다면 이 방법은 생각보다 수월하다. 사람들 앞에 서서 말하기 직전에 '내 앞에 앉아있는 저 사람들은 나를 참 좋아해 주고 있어'라고 생각하면 희한하게도 긴장이 덜 된다. 두 가지 방법을 동시에 할 수도 있다. 청중과 눈이 마주쳤을 때 그 사람을 호감을 느끼고 보면서 저 사람도 나를 좋게 보고 있을 거라고 생각하는 거다.

- 인상이 참 좋다. 웃는 모습이 환한 게 참 보기가 좋네.
- 저분은 내 얘기를 즐겁게 들어줄 것 같아. 나를 좋게 보고 있는 게 분명해.

이상하게 들릴 수도 있지만 아주 효과가 큰 방법이다. 나도 모르게 내 주문에, 내 생각에 말려든다. 계속 반복해서 이렇게 생각하다 보면 어느 순간에 '사람들이 나를 참 따뜻한 시선으로 보고 있구나' 하는

홍당무는 이제 안녕

시선이 내 마음에까지 가닿는다.

　나는 이 방법으로 효과를 톡톡히 봤다. 발표 전 긴장감이 많이 줄었고, 발표 중간에도 불안 증세가 훨씬 덜 나타난다. 예전에는 되도록 시선을 피하며 얼굴이 붉어질까, 목소리가 떨릴까 걱정하며 긴장감을 감추는 데 급급했었는데, 어쩌다 마주친 듣는 이의 눈에 따뜻한 호감이 담겨 있는 게 느껴지면서 훨씬 덜 부담스럽다. 그러면서 불안했던 마음이 의외로 빨리 가라앉으며 하고 싶은 말에 더욱 집중할 수 있었다.

감정 내보내기
연습

나를 붙들고 있는 부정적이고 아픈 감정들, 실은 내가 붙잡고 있는 것일 수 있다.

10년 넘은 단골 미용실 원장님이 있다. 내 얼굴형에 어울리는 머리 스타일을 척척 잘 만들어 주는 금손이다. 하루는 실수로 미용실에 지갑을 두고 왔는데 다음날 오전 일찍 지갑 속 신분증이 꼭 필요한 일이 있었다. 이미 꽤 늦은 시간이었지만 급한 마음에 전화를 드렸고, 미용실 문을 닫은 지 한참 되었는데도 원장님은 한걸음에 달려와 지갑을 찾아주었다.

고마운 마음에 근처 카페에서 차 한 잔을 대접하고 싶었는데, 늦은 시간이라 대부분의 카페가 문을 닫은 뒤였다. 몇 분 걷다가 불이 켜져 있는 카페 한 곳을 찾아서 주문 후 자리를 잡고 앉았다.

"이쪽은 내가 잘 안 오는 곳인데."
"왜요?"
"나한테 상처 준 나쁜 놈이 있는 곳이라 나는 이 부근으로 잘 안 와요."

6년 전에 가장 아끼던 직원이 알짜 손님을 모두 이끌고 바로 근처에 미용실을 오픈했는데, 그 과정에서 마음의 상처를 아주 많이 받았다고 했다.

"다들 그만 용서하라는데 나는 도저히 용서가 안 되더라고요. 아직도 그 친구 소식을 듣거나 이 근처를 지나가면 화가 나서 진정이 잘 안 돼요. 내가 얼마나 아끼고 좋아하고 잘해줬는데 어떻게 나한테 그럴 수가 있어요."

그는 그동안 심적으로 얼마나 힘들었는지 자세히 들려주었다. 믿었던 사람이 배신했을 때의 상처는 크다. 누구에게나 마찬가지다. 그런데 그런 일이 일어났다는 것 자체만으로도 충분히 괴로운데, 몇 년이 지나도 여전히 상처가 아물지 않아서 더 아프고 슬프다. 아픈 기억은 쓰라리기 때문에 그 감정과 기억을 더 꼭 쥐게 되는 게 아닐까? 부정적인 감정을 뿌리째 뽑아 벗어던져 버리는 편이 훨씬 낫지만 '그럴 수 없어'라고 생각해 감정의 골이 그대로 파여 있는 건 아닐까 생각했다. 상처 입은 감정은 놓아버리는게 실은 더 마음을 치유하는 데 효과적이고 억울한 감정도 쏟아버릴 수 있다. 이를 속 시원하게 풀 방법을 고민하다가 말을 꺼냈다.

"원장님, 상처를 준 그 '나쁜 놈'이 6년이 지나도 여전히 내 감정을 좌지우지하고 있는 것처럼 느껴지면 슬플 것 같아요. 밉고 싫은 사람이 아직도 내 감정을 뒤흔들 수 있는 권한을 쥐고 있는 것 같은 기분이 들면 더 억울하고 분한 일이 아닌가 싶어요."

홍당무는 이제 안녕

원장님은 한동안 말이 없었고, 우리는 다시 일상 대화를 하고 헤어졌다. 일주일 정도 지난 무렵 늦은 밤, 원장님에게서 기분 좋은 소식을 들었다.

"곰곰이 생각해 봤는데, 내가 그 해로운 감정을 안고 살 필요가 없다 싶었어요. '왜 내 감정을 들었다 놨다 해야 하지?'라고 생각하니까 털어버리는 게 더 낫겠다는 생각이 들더라고요. 6년 넘도록 생각만 해도 화가 나고 괴로웠는데 평생 용서 못 할 것 같았는데 말이죠. 이렇게 생각하니 마음이 편해졌어요."

사소한 생각 변화 하나로 오래된 원망과 걱정의 감정을 덜어낼 수 있다. 생각 하나 바꾸는 게 뭐 그리 대단할까 싶지만, 생각 하나 바꾸는 행위로 나쁜 감정을 확 털어낼 수 있다. 나쁜 감정이 나를 쥐고 있는 듯하지만, 실은 그 감정을 흘려보내지 못하고 붙잡고 있는 건 나 자신이라는 걸 알게 될 때 마음에 평화가 온다.

발표 불안도 마찬가지다. 불안에서 벗어나기 위해 나를 들여다 보는 과정에서 나는 결국 내가 만들어 낸 불안함과 초조함을 스스로 꼭 움켜쥐고 있다는 걸 알게 되었다.

- 나는 이런 발표 따위에는 절대 긴장하면 안 된다.
- 긴장한 티가 나는 것은 멍청이 같다. 절대로 티가 나면 안 된다.

- 얼굴이 붉어진다는 건 기 싸움에서 밀리는 일이다.
- 긴장으로 심장이 빨리 뛰는 건 나약하다는 증거다.
- 실수는 절대 하면 안 된다.
- 나는 뭐든 잘해야 한다.
- 사람들 앞에서 발표할 때는 늘 평정심을 유지해야 한다.

이런 생각이 머릿속을 꽉 채우고 있었다. 내가 만든 비합리적인 신념이, 실체도 없는 감정이 나를 옥죄고 있었다. 나는 발표하면서 떨리고 긴장되는 자연스러운 감정에 대해 스스로 부당한 요구를 하고 있었던 거다. 너무도 당연한 신체 반응에 대해 나는, '그러면 안 된다'며 스스로를 힘들게 하고 있었다. 이 부정적인 생각을 털어버리고 놓아버려야겠다고 마음먹었다.

발표 자리에서 얼굴에 열감이 느껴지는 순간 '얼굴아, 가라앉아라. 이러면 지는 거야. 이러면 약해 빠져 보이는 거야'라는 생각이 떠올랐다. 그럴 때 '나를 힘들게 하는 이 불안한 기분은 내가 만들어 내는 거야. 이 감정은 실체가 없어. 얼굴이 붉어진다고 아무 일도 일어나지 않아. 저들은 내 얼굴에 관심도 없어'를 반복해서 되뇌었더니 효과가 있었다. 떨리는 감정 자체에 확 매몰되지 않았다.

긴장 때문에 마음이 불안해질 때는 나를 휘감아 대는 부정적인 감정으로부터 스스로를 떼어 놓는 게 필요하다. 기분 나쁜 감정을 털어버리듯이 불안의 감정도 흘려보내는 연습을 해보자. 긴장되는 순간에

홍당무는 이제 안녕

불안을 더 증폭시키는 부정적인 생각이 올라올 때 '이건 내가 만들어 내는 감정이야. 근거도 없고 실체도 없어. 저리 가'를 속으로 외쳐보자. 생각보다 효과가 좋다.

타인의
시선에 대한 근육

새로운 시도에는 걸림돌이 있기 마련이다. 이 걸림돌은 사람마다 다른데
꾸준히 반복적으로 시도를 하면 결국 넘어설 수 있다.

"잠시만요. 회장님 넥타이가 조금 삐뚤어진 것 같습니다."

"괜찮은데요?"

"아니에요, 촬영 잠시만 멈춰주세요."

인도 정부와 함께 진행하는 프로젝트를 맡았을 때다. 이 프로젝트와 관련해 언론사 인터뷰가 있었다. 미국에서 온 회장님이 인터뷰어로 예정되어 있었고 나는 회장님 인터뷰의 참고용 원고 작성을 맡았는데 현장에서 내용이 정확하게 전달되는지 확인하기 위해 참관하게 되었다. 무사히 인터뷰가 끝난 후 회장님의 사진 촬영이 있었다. 그런데 사진 촬영 중에 나는 회장님의 넥타이가 삐뚤어져 있는 걸 발견했다. 바로잡아야 할 정도로 눈에 띄게 삐뚤어져 있는 건 아니었다. 그렇지만 나는 촬영을 멈춰 달라고 요청했다. 굳이.

넥타이만 삐뚤어진 건 아니었다. 정장 윗도리 어깨 부분에 아주 작은 먼지 몇 톨이 묻어 있었고 어디서 달려 왔는지 붉은색 머리카락 한 가닥이 가슴팍 조금 아래에 달랑달랑 붙어 있었다. 아무리 그렇다고 해도 촬영을 중단할 정도는 아니었다. 그런데 나는 그냥 지나칠 수가 없었다. 내게는 인터뷰도 일종의 발표였으니까.

나는 눈이 조금 빠른 편이다. 글도 빠르게 읽는 편이고 문서의 오타 찾기, 여러 물건이 잔뜩 쌓여 있는 곳에서 특정 물건 찾기 등 무언가를 눈으로 찾아내야 할 때 속도가 빠른 축에 속한다. 휘리릭 스쳐 지나간 사람들, 풍경들도 디테일하게 스캔이 가능할 때가 있다. 그런데 이 빠른 눈은 발표 울렁증에 불안감을 한 스푼 더 얹어준다. 왜냐하면 무대 위 내 발표 시간 전 그 긴장된 와중에도 내 앞에 앉아 있는 사람들의 표정, 손동작, 앉은 자세, 작은 몸동작과 손의 움직임까지 세세하고 빠르게 눈에 들어오기 때문이다. 긴장하면 그렇잖아도 빠른 눈이 스스로 '비판의 갑옷'을 주워입는 바람에 평소보다 더 예민하고 빨라진다. 부정적이고 비판적으로.

청중으로서도 화자로서도 무조건 긍정적으로 보려고 노력할 때마다 내 빠른 눈은 큰 걸림돌이 되었다. 온갖 상황이 눈에 다 들어오는 바람에 그 모든 걸 좋은 쪽으로 해석하는 게 쉽지 않았다. 그래서 나는 '발표자가 사랑스럽다', '이 공간 안에 있는 모든 사람이 나를 사랑하고 있다'고 주문을 외울 때 내 눈을 심리적으로 가리는 연습을 했다. 주문 외우는 데 집중하면서 그 최면의 과정에 나의 그 빠른 눈도 가려버리는 상상을 했다. '내가 호감을 느끼고 있는 사람을 자세히 살펴보지 말자. 그냥 사랑하자', '나를 호감 어린 시선으로 보고 있는 사람들을 자세히 평가하지 말자. 그냥 사랑받기만 하자'는 생각을 반복하면서 물리적으로 눈을 뜨고는 있지만, 심리적으로는 감은 상태로 돌입해 보는 걸 연습해 보았다. 쉽지 않았다. 하지만 꾸준히 연습하니 조금씩 좋아지는 게 느껴졌다.

홍당무는 이제 안녕

사람마다 가지고 있는 여러 조건이 참 다르다. 나의 경우는 눈이 예민해서 다른 사람을 좋게 보려는 게 특히나 조금 더 어려웠다. 그런데 조건은 달라도 방법은 같다. 다른 사람을 어떻게 해서라도, 강제적으로라도 좋게 보려고 노력하다 보면 처음에는 심적 거부감도 생기고 이게 뭐 하는 건가 싶기도 하지만 시간이 갈수록 익숙해진다. 꾸준히 반복적으로 시도하는 게 중요하다.

이렇게 반복해서 연습하다 보면 타인의 시선에 대한 근육이 조금씩 생기게 된다. 이 근육이 점점 더 많이 생기고 점차 더 단단해지면 최면 필터 없이도 현실적으로 타인의 시선을 담담하게 받아들이게 된다. 왜냐하면 비판적인 시선을 거두고 불안한 마음이 어느 정도 가신 상태에서 청중을 보게 되면 타인의 시선은 그리 매섭지 않다는 걸 알게 된다. 매섭게 생각했던 건 다름 아닌 긴장감에 휩싸여 있던 나 자신이었음을.

벼랑 끝 손잡이

불안증에 끌려가지 않기 위한 최소한의 장치가 필요했다. 발표가 힘들어서 회사를 그만두려고 한다는 말을 실제로 해본 적은 없지만, 생각은 수도 없이 했다. 극단적인 생각이 평소와 다른 사고에 빠진 나를 꺼내는 데 도움이 되었다.

내 직장 생활은 대체로 평화로웠다. 어딜 가더라도 밝고 따뜻한 사람들이 참 많았다. 아주 버겁지 않은 선에서의 인간관계 문제, 적당한 스트레스, 성취감, 큰 불만 없는 근무 조건, 적절한 워라밸. 세세하게 따지고 들자면야 힘든 일 어디 없었겠냐만, 전체적으로 그리 나쁘지 않았다. 그런데도 내 책상 서랍 속에는 늘 사직서가 있었다. 발표 불안 진정용이었다. 발표가 부담스러워서 스트레스를 받을 때면 사직서를 몰래 꺼내서 들여다보면서 '이게 회사를 그만두어야 할 정도의 일인가'하며 마음을 가라앉히곤 했다.

나는 무책임한 유형의 사람은 아니라 생각한다. 그런데 불안증에 사로잡혀 있을 때는 앞서 언급한 것처럼, 평소와는 다른 사고를 하게 된다. 불도저처럼 밀어붙이고 직진하는 걸 좋아하는 내가 발표 불안 때문에 사직서를 꺼내 들다니. 정상적인 상태라면 절대 하지 않을 행동이었다. 불안증은 나를 때론 약해 빠지고 불성실한 사람으로 만들기도 했다.

한 IT 회사에서 근무할 때다. 이 회사에 들어오기 전, 인도 북동부 지역 전력 IT 관련 프로젝트를 2년간 맡았다. 서류나 절차가 참 까다

로웠던 아시아 개발 은행의 펀드가 끼어 있는 프로젝트여서 업무 강도가 아주 높았다. 녹록하지 않았던 인도 정부 기관 공무원과의 협업, 사무실 상주 인원 대부분이 남성인 지역 문화, 반정부군의 투쟁으로 불안한 치안 등으로 꽤 힘들었던 2년을 보낸 후 입사한 곳이다.

낯설기만 했던 인도를 뒤로하고 새로운 조직에서 다시 어느 정도 익숙한 중남미 지역을 맡게 되어 기뻤다. 오랜만에 스페인어를 쓸 수 있어서 반갑기도 했고 근무 환경도 조건도 업무도 모두 마음에 들었다. 같은 부서 동료들과도 잘 맞았고 회사 전체 분위기가 대체로 건강하고 활기찼다. 그런데 나는 이 회사에서조차도 곱게 접은 사직서 한 장을 봉투에 넣어 내 자리 서랍 맨 아래 칸에 넣어두었다. 언제든 꺼내서 제출할 수 있는 상태로. 날짜만 쓰면 되도록. 아무도 모르게.

매주 월요일 오전에 해외사업 부서 전체 주간 회의가 있었다. 특별할 게 없는 그냥 평범한 회의다. 모난 성격의 동료가 있거나 강압적인 상사가 있는 것도 아니다. 의견이나 주장을 펼치며 누군가와 대립하는 자리도 더더욱 아니다. 단순한 업무 보고를 위한 정기 회의였다. 당시 나는 부서 사람들과 재미나게 잘 지내는 편이었고 심지어 '대화 주도형' 인간이었으며 부서장도 언제든 편하게 얘기 나눌 수 있는 온화하고 평화로운 타입이었다.

나는 이 월요일 주간 회의가 너무 짐스러웠다. 같이 일했던 동료들이 들으면 풉 하고 웃을 일이다. 그런데 나는 정말이지 이 주간 회의가 너무 괴로웠다. 지역별로 주요 사항을 기계적으로 보고하는 자리

　　　　　　　　　　　　　　홍당무는 이제 안녕

였음에도 내 차례가 오기 전 가슴이 두근거리며 긴장되었다. 막상 내 차례가 되면 아무렇지도 않게 보고를 하긴 했다. 가벼운 보고 자리, 그냥 대화하듯 몇 가지 사항만 공유하면 되는 자리, 막상 내 차례가 되면 다른 이들처럼 편안하게 몇 마디하고 지나가는 그런 회의. 그런데 이 회의를 대하는 내면의 심리 상태는 전쟁이었다. 전날 밤부터 마음이 불편해지기 시작하고 월요일 오전부터 회의에서의 내 순서가 끝나기 전까지 신경이 다 곤두섰다. 그러다 말을 하기 시작하면 안정감을 되찾고 끝나면 허무하고. 이 상황을 계속 반복했다.

회의가 시작되기 전에는 세상 사람들 다 창문 너머 저편에서 편안하게 잘 지내고 있는데 나 혼자 떨어져 나와서 전전긍긍 걱정하고 있는 기분이 들었다. 회의가 끝나고 나면 다시 창문 안으로 들어가 다시 편안해지고 그러다가 발표 자리 생기면 다시 밖으로 쫓겨나오는 듯한 기분. 멀쩡하게 지내다가도 '발표'라는 이름표가 붙어 있는 이벤트를 만나게 되면 혼자 감정적으로 널을 뛰고 있다는 사실이 참 괴로웠다.

자존감은 바닥을 내리치고 온갖 형편없는 생각들로 괴로울 때 상상 가능한 최악의 상황은 퇴사다. 그만 다 내려놓고 싶고, 도망가 버리고 싶은 마음이 들 때 '아니야, 괜찮아. 별거 아니야'라는 생각보다 '그래, 정 힘들면 회사를 그만두면 되지', '너무 힘들면 사직서를 내면 되지'라는 주문이 더 효과가 컸다. 마음이 땅으로 꺼질 때 없는 에너지를 힘겹게 끌어모아 억지로 위로 올리기보다는 그냥 눈 딱 감고 더 아래로 확 밀어버리니 바닥을 치고 다시 올라오는 듯한 느낌이랄까. 발표를 망치고 난 후 혹은 발표 스트레스로 심리적으로 요동치는 순간에 사직서를 살짝 꺼내서 만지작거리다 보면 묘한 위로와 함께 제정신이 조금 빨리 돌아오곤 했다.

나를 괴롭히는 문제가 해결되지 않아서 생기는 최악의 상황이 무엇인지 그 가장 나쁜 광경을 상상해 보면 보이지 않던 게 보일 때가 있다. 해결하기가 막막했던 문제 자체보다 '해결하지 못한다'는 마음에 더 애를 태우고 있었다는 걸 깨닫게 된다. 즉 내가 어찌할 수 없는 문제 자체보다 문제를 해결하지 못한다는 내 생각이 나를 더 힘들게 하고 있었다는 사실이다. 그래서 벼랑 끝 난간에 손잡이를 달아 놓은 것처럼 사직서를 써서 가지고 있었다. 퇴사라는 최악의 상황을 만들어 놓고 생각해 보면 '내 현재 상황이 회사를 그만둘 만한 일까지는 아니다'라는 마음이 든다. 사직서는 내게 불안한 마음으로 상황을 과장해서 받아들이지 않도록 도와주었다. 서랍 속에 몰래 넣어둔 사직서에 이런 순기능이 있었다.

홍당무는 이제 안녕

혼자보다 든든한
발표 두레

발표 불안을 극복하기 위해서는 꾸준한 연습이 필요하다. 그런데 혼자서 꾸준히 연습하기가 쉽지 않다. 이때 비슷한 증상을 가지고 있는 다른 사람들과 함께 연습을 이어 나가면 크게 도움이 된다. 나서서 스피치하는 게 좋아질 뿐만 아니라 즐겁고 재미있다.

스페인이나 남미에서 지낼 때 '한국의 문화'에 대해 소개할 기회가 있으면 빠뜨리지 않고 꼭 넣는 것이 하나 있었다. 바로 '두레'다. 한국의 문화를 설명하다 보면 자연스레 정情에 대한 이야기를 하게 된다. 그런데 이 '정'이라는 단어가 다른 나라 언어로 번역하기 참 어려워서 설명할 때 내가 예로 자주 드는 것이 두레다. 요즘 잘 쓰이지 않아 조금 낯선 단어일 수 있겠지만 나는 한국의 이 두레 문화를 참 좋아한다.

두레는 농번기에 농사일을 공동으로 하기 위해 마을 단위로 만든 조직이다. 두레라는 단어는 '두르다'라는 말에서 유래했는데 두르다는 말은 원래 여러 사람이 모인 상태의 뜻을 나타내는 것으로 일정한 집단, 조직을 표시하는 것으로 추정된다고 한다. 이와 관련된 다양한 공동 노동 조직들이 있는데 소겨리, 품앗이, 보계, 황두, 두레, 울력 등 다양하다. 삼모작, 사모작도 가능한 다른 나라들과 달리 우리나라는 기후와 토양의 특성상 농사짓기에 특히나 '노동력'이 많이 필요해서 처지가 비슷한 이웃 간에 서로서로 손을 주고받으며 부족한 노동력을 함께 메웠다. 우리나라에 정 문화가 개인을 넘어 지역 사회 전체에 퍼져 있는 건 물론 여러 요인이 있겠지만, 이웃사촌들 간에 힘을 합쳐

척박한 농지를 함께 개간하고 가뭄이 들면 물길을 같이 틀면서 생긴 이 끈끈한 관계의 역할이 크다고 생각한다.

　발표 울렁증을 극복하려면 원인과 관계없이 노력과 연습이 필요하다. 그런데 시작하는 단계에서 마음먹기가 쉽지 않다. 더욱이 마음먹고 시작한 후 꾸준히 하는 것은 더 어렵다. 그래서 동기 부여라는 물이 들어왔을 때 모를 마구마구 심어야 하는데, 이때 지치지 않고 꾸준히 하려면 두레가 필요하다. 극복이라는 공동 목표를 가진 비슷한 처지에 있는 사람끼리 모여 서로서로 격려하고 배움을 나누며 함께 성장할 수 있는 발표 두레를 만나면 극복 과정이 훨씬 수월해지고 심지어 재미있기까지 하다.

　우리 주변에는 이미 상당히 많은 발표 두레, 발표 모임이 있다. 발표 불안을 겪고 있거나 발표를 조금 더 잘하고 싶은 사람들이 모여서 효과적인 방법에 대해 논하기도 하고, 순서대로 스피치하면서 불안증을 함께 이겨내고 발표 능력을 향상하자는 취지의 모임들이다. '발표 불안 모임'이나 '스피치 모임'으로 검색해 보면 제법 다양하게 있다. 이 스피치 모임은 온라인 카페, 밴드에 많이 있는데 동호회나 스터디 모임, 학원 수강생들이 모여서 만든 클럽 등 형태도 다양하다. 발표 두레에 발을 담그면 다음과 같은 어마어마한 것들을 누릴 수 있다.

　홍당무는 이제 안녕

발표 두레의
효과

1. 발표 연습을 위한 무대와 청중

연습하려면 무대와 청중이 필요하다. 두레에는 내 얘기를 사랑과
호감의 눈으로 들어줄 수 있는 훌륭한 청중과 나를 위한 맞춤형 무
대가 준비되어 있다. 내 발표에 집중해 주고 생산적이고 긍정적인
피드백을 받을 수 있으며 주기적으로 발표 환경에 나 자신을 노출
할 수 있다. 무대에 자주 설 일이 없는 사람은 불안증의 유무와 상관
없이 발표 자리가 부담스럽다. 무대 체질인 사람이나 타인의 시선
을 즐기는 사람을 제외하고는 대부분 긴장되고 부담을 느끼기 마련
이다. 발표 두레는 내가 발표할 수 있는 무대를 정기적으로 꾸준히
가질 수 있어서 불안 증세를 누그러뜨리는 데 큰 도움이 된다.

2. 자신감 회복

발표 울렁증 모임에서는 '동병상련식 동지애'가 주렁주렁 장착된
사람들이 불안증이 사라지기 전, 여전히 긴장하고 있는 내 모습을

있는 그대로 봐준다. 어떤 말을 해도 긍정적으로 반응을 보일 준비가 된 청중이므로 내 긴장과 내 불편, 실수에 크게 신경 쓰지 않고 편하게 발표할 수 있다. 무슨 말을 해도 어떤 발표를 해도 칭찬을 들을 수 있는 발표 두레는 자신감 회복에 큰 역할을 한다있는 그대로의 피드백이 더 효과적인 것 아니냐고 묻는다면, 우리는 아직 그 단계가 아니다. 아직 무조건적인 응원과 칭찬이 필요한 때다.

3. 사람 사는 이야기를 현장에서 라이브로

발표는 '말하는 행위'다. 그래서 발표 연습 자리에는 '이야기'가 있다. 평소 만나기 쉽지 않은 여러 분야 종사자나 다양한 연령층의 사람이 발표라는 명목 아래 많은 이야기를 들려준다. 모임에서는 크고 작은 회사의 대표이사, 주부, 직장인, 예술가, 요리사, 교사, 교수, 학생 등 다양한 직종의 사람들을 만날 수 있다. 아이를 키우면서 있었던 이야기, 회사를 운영하면서 겪은 에피소드, 학교에서 일어난 일, 영화 촬영 중에 벌어진 사건, 가족과 다툰 이야기 등. 발표 두레는 다른 사람들의 살아가는 이야기를 현장에서 라이브로 생생하게 들을 수 있는 모임이다.

4. 지식의 창고

발표 두레는 변화하기 위해 노력하는 사람들의 모임이다. 그래서 대부분 일상에서 많은 자료를 찾아보고 있다. 내가 몰랐던 좋은 책,

글귀, 영화, 영상, 강연 등의 종합 선물 세트 같은 각종 정보가 활발히 오간다. 정보 창구가 다양해진다. 실제로 1년 이상 발표 불안 모임에 참석하면 꽤 박식해진다. 꼭 발표 관련 정보가 아니더라도 여러 분야의 지식이 쌓인다.

5. 타인을 이해하는 폭이 넓어진다

발표 모임은 모임의 특수한 성질 덕분에 매회 거듭될수록 사람들이 자존심을 내려놓고 허심탄회하게 자신의 얘기를 한다. 발표 모임의 주제가 편한 것들 위주라 결국 자기 내면의 이야기가 나온다. 성인이 되어서 직장에 들어가고 경제활동을 하고 사회생활을 하면서 다른 사람의 속 얘기를 현장에서 들을 기회는 그리 많지 않다. 가족이 아닌 친구 아닌 동료 아닌 사람의 인생 스토리를 직접 들을 수 있는 자리는 쉬이 찾아오지 않는다. 발표 두레를 꾸준히 참석하다 보면 다양한 이야기들을 통해 전에는 생각지 못했던 여러 관점에서 현상을 보게 되고 타인을 이해하는 폭이 넓어진다.

발표 두레
운영 방법

1. 한 달에 두 번, 격주 수요일 저녁 7시 30분부터 1시간 반에서 2시간 정도가 가장 적당하다.

2. 장소는 칠판을 쓸 수 있고 8명에서 10명 정도 사용이 가능한 '토즈' 같은 모임 공간이 좋다.

3. 인원은 15명이 제일 좋았다. 직장인이 많고 매회 전원이 참석하기 어려운 자율 모임이다 보니 15명 정원으로 시작하면 매회 모임에 평균적으로 8~10명이 참석하는데 이 정도 규모가 딱 알맞다.

4. 1달에 1번 진행자를 정해서 모임 공간 예약하기, 공간 이용료1인당 3-5천 원 걷어서 결제하기, 모임 진행하기를 맡으면 좋다.

5. 모임 전, 진행자가 주제를 미리 정해서 참석자와 공유한다.

홍당무는 이제 안녕

6. 모임의 순서는 아래와 같다.

   -2주간 행복했던 경험 나누기

   -진행자가 정하는 주제

   -진행자가 정하는 주제 + 칭찬 샤워

7. 진행자는 발언 시간을 참석자 수에 맞추어서 배분한 다음, 발표자가 정해진 시간 내에 발표를 마칠 수 있게 시간을 관리한다.

8. 발표 순서는 진행자가 임의로 매번 지목하기도 하고 첫 발표자를 진행자가 지정 후 시계 방향으로 돌아가면서 발표를 해도 좋다.

9. 한 사람의 발표가 끝날 때마다 참석자 모두가 발표자에게 칭찬으로 샤워를 할 수 있을 정도로 칭찬을 쏟아부어 주는 시간을 갖는다. 발표가 끝난 다음 맨 앞에 앉은 사람부터 순서대로 진행하고 칭찬 샤워가 끝나면 발표자가 그 칭찬에 대한 소감을 말하고 발언을 마무리한다.

10. 주제는 딱히 제한이 없다. 맛집 소개, 재미있게 본 드라마나 책, 영화 소개하기, 무인도에 가게 된다면 챙겨갈 세 가지, 여름휴가 계획, 가장 인상 깊었던 여행지 등 자유롭게 정하면 된다.

11. 모임이 끝나면 뒷정리를 모두 함께하고 다 같이 모임 장소에서 나간다.

저지르고 보는 거야

누구에게나 첫 모임 참석은 불편하고 어색하며 초라하기까지 하다. 깊이
생각하지 말고 모임 참석 신청을 저질러 보길 추천한다. 다양한 발표 모임
곳곳에 높은 내공으로 무장한 구루가 숨어 있다. 인생의 구루를 만나게 될
지도 모른다.

스피치 학원을 두 달 정도 다닌 후 발표 불안 증상이 좋아졌다 싶었는데 어느 날 문득 다시 불안 증세가 올라왔다. 학원을 다시 다녀야하나 고민하던 중 학원 수강생들이 모여 있는 카카오톡 단체 대화방에 글이 하나 올라왔다.

안녕하세요. 수강 후에도 여전히 발표 불안을 겪고 있는 분들 있으시죠? 한 달에 두 번 격주 수요일, 강남역 부근에서 만나는 정기 모임을 만들고자 합니다. 함께 하실 분들 신청해 주세요.

이틀을 고민하다 신청을 했다. 신청 후에 열일곱 번도 더 후회했다. 첫 모임이 있었던 수요일 저녁, 나는 아침부터 가슴이 콩콩 뛰는 걸 느꼈다. 너무 어이가 없어서 피식 웃음이 날 정도였다. 아니, 발표 모임에 나가는 일이 긴장될 일이냐고. 많이 망설였지만 용기를 내 참석했던 그 어색한 첫 모임을 잊을 수가 없다. 첫 모임 후 집에 돌아와 일기까지 썼다. 아래는 그날 일기의 일부다.

몇 번을 망설였는지 모른다. 참석하겠다고 더럭 신청하긴 했는데 말이다. 모임 장소가 있는 건물 앞에 도착하기까지 '아, 내가 왜 그랬을까'에서부터 '뭔가 도움이 되지 않을까'의 생각 사이를 여러 번 왔다갔다 했다. 엘리베이터를 탄 후 6층 버튼을 누르자 실감이 났다. 나는 어쩌자고 이런 불편하고 부끄러운 시도를 한 걸까? 버튼을 누른 후 문이 닫히기 직전에 한 사람이 급히 뛰어 들어왔다. 6층을 누르려다 이미 눌러진 걸 보고 손을 거두는 걸 보았다. 갑자기 마음이 더 불편해졌다. 혹시나 모임에 오신 분이 아닐까 싶은 생각에 엘리베이터 그 좁은 공간이 더 좁게 느껴졌다.

오늘따라 유난히 느리게 움직이는 듯한 엘리베이터에서 내려서 문자로 전달받은 호실을 찾았다. 앞서 내린 분이 먼저 문을 열고 들어갔다. 일행이 맞았다. 열린 문으로 뒤따라 종종걸음으로 들어가니 세 분이 먼저 와 있었다. 어색하고 가볍게 목례를 하고 뒷자리 구석진 곳에 앉았다. 몇 분 더 늦게 들어올걸. 참석자 여덟 명 중 세 사람이 아직 도착전이었다. 무언가를 시작하기 전에 기다리면서 마주하는 공기가 너무 어색하고 불편했다. 산 건너 물 건너 시간이 흘러 드디어 여덟 명 모두 도착했고 모임을 제안했던 분이 단상 앞으로 나갔다.

"바쁘실 텐데 이렇게 평일 저녁 모임에 나와 주셔서 감사합니다. 우선, 각자 자기소개를 먼저 하면 좋겠습니다."

후회가 다시 한번 해일처럼 밀려왔다. 이놈의 자기소개. 도대체 어딜

홍당무는 이제 안녕

가나 우리는 왜 이 소개란 걸 해야 하는지. 그냥 1번, 2번, 3번 불러도 되고, 누군지 딱히 몰라도 그냥 시작하면 되지. 나는 왜 이 늦은 시간에 저녁도 제대로 못 먹고 와서는 모르는 사람들 앞에서 내 소개를 해야 하는 걸까?

앞줄에 앉은 사람부터 앞에 나가서 자기소개를 시작했고, 곧 내 순서가 되었다. 아무렇지도 않은 표정으로 무장하고 앞으로 나가서 내 소개를 했다. 무슨 말을 어떻게 했는지 기억은 안 나지만 이런 간단한 자리조차 긴장하는 나 자신이 초라하게 느껴졌다. 발표는 왜 이리 나를 쪼글쪼글하게 만드는지 모르겠다. 어색하고 불편했던 여덟 명의 소개가 끝난 후 모임의 주최자가 단상 위에 다시 올랐다.

"저는 약 8년에 걸쳐서 발표 불안 때문에 너무 고통스러운 시간을 보냈습니다. 대기업을 다니다가 몇몇 분들과 같이 창업했는데 운이 좋아서 300명 정도의 직원이 함께 일하는 회사가 되었습니다. 회사에 다니던 어느 날 중요한 고객과의 미팅 시간에 발표를 한 번 크게 망친 적이 있는데 그날 이후로 전에 없던 발표 불안이 생겨서 아주 힘들었습니다."

내 인생에서 다섯 손가락으로 꼽을 만한 아주 큰 행운 중의 하나가 이분을 만난 거라고 생각한다. 내 삶의 은인과도 같다. '선한 영향력'이라는 단어와 참 잘 어울리는 분이다. 나는 이분을 "고수님"이라고 부른다. 발표 불안으로 휴직까지 했던 고수님은 두려움과 긴장의 고통이 너무 심해 온갖 방법을 다 찾아보는 과정에서 '발표의 고수'가 되었다. 불안증에서 온전히 빠져나온 후 여전히 같은 증상으로 괴로워하고 있는 사람들을 위해 발표 모임을 제안한 거였다. 고수님이 진행하는 두레에 참석하면서 나는 15년 넘게 괴로워했던 발표 불안 증상에서 완전히 벗어났다.

생각해 보면, 발표 모임에 나가기로 하고 첫 모임에 참석한다는 게 여간 힘들고 어려운 일이 아니었다. 발표 불안인에게 이런 모임에 참석한다는 게 어쩌면 발표 공포보다 더 힘든 일일지도 모른다. 그런데 그 불편함을 감수하고서라도 모임을 스스로 찾아보고 참석해 보는 걸 추천하고 싶다. 불편함을 내려놓고, 깊이 생각하지 말고 우선 모임 참석 신청을 저질러 보자. 누구에게나 첫 모임 참석은 불편하고 어색하다. 심지어 초라하기까지 하다. 그러나 초라함을 각오하고 주먹 꽉 쥐고 참석해 보면 좋겠다. 다양한 발표 모임 여기저기에 높은 내공으로 무장한 구루가 숨어있다. 언제 어디서 어떤 구루를 만나게 될지 모른다.

홍당무는 이제 안녕

요즘 행복하니?

여럿이 얼굴을 마주하고 행복에 관한 이야기, 자신에 관한 이야기를 마음 편히 나눌 수 있는 자리가 바로 스피치 모임이다. 우리나라 구석구석에 스피치 모임이 생겼으면 좋겠다.

"요즘 너를 즐겁게 하는 일이 뭐야?"
"최근에 마음이 따뜻해지는 순간이 있었어?"
"요사이 너에게 가장 행복했던 사건은 뭘까?"

어린이집 졸업 후 타인으로부터 이런 질문을 받을 기회가 얼마나 있을까?

"행복은 기억이다." 내가 참 좋아하는 말이다. 행복한 일을 '겪고 있을 때'보다 잔잔하고 편안한 시간에 그 행복했던 순간을 '기억할 때' 더 행복함을 느끼는. 기분이 좋았던 순간, 마음이 따뜻했던 사건들을 자주 꺼내 보고 자주 떠올리면 행복이 더 늘어나는 것 같은 느낌.

"너 요즘 어떤 일로 행복하니?"라는 질문은 어색하고 불편할 것 같지만 막상 받아서 생각하고 대답하다 보면 묘한 느낌이 든다. 왠지 모르게 관심받고 사랑받는 느낌이 들기도 하고 행복했던 그 순간을 한 번 더 떠올리면서 괜스레 기분 좋아지기도 한다. 그리고 한 가지 더 있다. 최근 내가 어떤 일로 기분이 좋았는지 되돌아보면서 '아, 요새 내가 이런 일에 행복해하고 있구나' 알게 된다. 내가 어떤 일에 행복해하는 사람인지 내가 어떤 일에 슬픔을 느끼는 사람인지 구체적으로 생각해 보고 말할 수 있는 시간이 하루에 얼마나 될까? 일상에서 "나 오늘 이러이러한 일로 참 행복했어"라고 이야기할 기회가 그리 많지 않다.

"집 앞에 요거트 전문 가게가 며칠 전에 새로 생겨서 궁금한 마음에 큰 기대 없이 들어갔지. 그런데 무슨 요거트가 뭐 그렇게까지 맛있니. 한 입 먹는데 입에서 사르르 녹는 게 너무 맛있는 거야. 요거트 자체는 은근히 달콤하면서도 뒷맛이 상큼했어. 토핑을 추가할 수 있었는데 내가 고른 세 가지 맛 모두 다 맛있는 거 있지. 제대로 내 취향 저격. 물릴 때까지 며칠이고 계속 사 먹을 거야."

"부모님, 오빠네 가족과 함께 숯불갈비를 먹으러 갔어. 고깃집 한쪽에 아기들을 위한 놀이방이 있는 거야. 조그마한 실내용 미끄럼틀이 있더라고. 주문하고 기다리고 있는데 여섯 살 조카가 미끄럼틀을 타고 싶다고 했어. 같이 갈까 하다가 우리 테이블 위치가 놀이방 안이 훤히 다 보이는 곳이어서 다녀오라고만 하고 나는 자리에 머물렀어. 고기가 늦게 나와서 놀이방 쪽을 그냥 멍하니 보고 있었거든. 놀이방에는 아이들 대여섯 명이 노는 중이었고 미끄럼틀이 인기가 제일 많았어. 그런데 한참이 지나도 조카는 미끄럼틀을 안 타는 거야. 그냥 주위에 서성이고만 있었어. 조금 더 지켜보다가 놀이방에 들어갔어. '윤서야, 미끄럼틀 왜 아직 안 타고 있어?'라고 물었지. 그랬더니 여섯 살짜리 조카 입에서 예상치 못한 답이 나왔어. '고모, 아기들이

홍당무는 이제 안녕

미끄럼틀을 좋아하는 거 같아서 기다려 주고 있어요. 나는 언니잖아요.' 아니, 어떻게 아기가 이런 생각까지 하는 걸까? 조카가 너무 귀여워서 안아줬어. 얘는 참 예쁘게 자라겠다 싶은 게 마음이 다 따뜻해지더라고."

우리는 이런 유의 얘기를 누구와 나눌 수 있을까? 물론 있겠지. 아예 없지는 않겠지. 그런데 스피치 모임에서는 '행복', '따뜻함', '기분 좋음'이 대화의 주요 주제다. 무슨 그런 주제로 얘기를 나눌까 싶지만 모르는 말이다.

매번 많은 깨달음이 있고 다양한 걸 배운다. 세상을 보는 눈이 새롭게 열린다. 내가 나이 들었음을, 내 나이가 아주 어림을, 내가 나와 비슷한 사람들과만 어울리고 있음을 알게 된다. '아, 맞다. 나도 예전에는 사소한 거 하나에도 기분이 참 좋았는데', '세상 쓸모없는 선물 주고받으면서도 마냥 기뻐했던 때도 있었는데', '우리 아이의 기분을 내가 너무 모르고 있었네', '부모님과 함께 나이 들어감을 느껴' 등 말이다.

오해 부르기에 십상인 카카오톡 대화에 어느덧 익숙해지고 지하철, 버스 어딜 가나 휴대폰 화면만 보고 있는 사람들이 더 이상 새롭지도 않다. 카페나 식당에 서로 마주 보고 앉아서 각자 휴대폰 화면을 보고 있는 모습도 낯설지 않다. 대면 대화는 어디로 갔을까. 복소리 들으면서 표정 살피면서 주거니 받거니 하는 대화는 과연 어디 갔을까. 우리는 대화가 고픈 시대에 살고 있음이 분명하다.

스피치 모임은 여러 연령대 사람의 이야기를 현장에서 직접 들을 수 있는 곳이다. 칭찬할 준비가 잔뜩 되어 있는 사람들 앞에서 내 이야기를 할 수 있고 다른 사람의 이야기를 '칭찬할 준비'를 하면서 들을 수 있는 자리다. 발표 부담증을 덜어내는 연습도 하고, 칭찬도 마구 받고, 반대로 칭찬 폭격을 하기도 하고, 일상에서 만나기 어려운 사람들과 따뜻한 이야기를 나눌 수 있다. 우리는 이런 모임이 지극히 필요한 시대에 살고 있다. 발표 모임이 활성화되어서 학교, 회사, 지역사회 등 여기저기에서 다양한 형태로 자리 잡으면 좋겠다.

홍당무는 이제 안녕

행복은,
칭찬이야

칭찬은 발표 불안인마저도 춤추게 한다.

어렸을 때부터 우리 집은 화장실에서부터 거실, 안방 할 것 없이 여기 저기 책이 쌓여 있었다. 아버지가 책 읽기를 참 좋아하셨기 때문인데 볕이 따뜻하게 드는 일요일 오후에 집에서 책 읽는 아버지의 모습은 언제 보아도 포근했다. 내가 아주 꼬맹이였을 때 하루는 아버지가 진지한 얼굴로 책을 한 권 주셨다. "아빠가 이 책 내용이 너무 궁금한데 요즘 일이 많아서 그런지 도통 마음의 여유가 없네. 우리 딸이 아빠 대신 읽고 어떤 내용인지 들려줄 수 있을까?"

여러 감정이 마음속을 오갔다. 책 한 권 편하게 읽을 여유가 없는 아버지가 안타까웠다. 막내였던 나에게 "아빠 대신"이라는 말이 비장하게 다가오기도 했다. 아주 집중해서 열심히 읽어야겠다는 각오 비슷한 감정도 올라왔다. 아버지가 그렇게 진지한 얼굴로 나에게 무언가를 부탁했던 게 거의 처음이라 약간의 부담이 느껴지기도 했다.

아버지가 건네준 책은 《아낌없이 주는 나무》였다. 처음이었다. 책 한 권을 그렇게 집중해서 진지하게 열심히 읽은 게. 여러 번 읽으면서 왠지 모를 의기양양함이 생겼다. 신문을 보고 계시던 아버지 앞에 짜잔 하고 섰다. "아빠, 다 읽었어요. 얘기 들려 드릴까요?"

나는 사과나무와 소년의 대화를 1인 2역으로 성대모사를 해가며 아버지께 책 내용을 들려 드렸다. 내 스토리텔링이 끝나자마자 아버지는 폭풍 칭찬을 해주었다. 무슨 칭찬을 어떻게 해주었는지 기억은 나지 않지만, 한여름에 세차게 내리는 소나기 마냥 쏟아진 칭찬으로 온몸이 흠뻑 젖을 것만 같았다. 기분이 아주 좋았다. 그 후로 꽤 오랫동안 아버지와 나 사이의 '책 읽어 주는 딸 놀이'와 '폭풍 칭찬'은 계속되었다. 이 놀이는 아이에게 여러 가지 긍정적인 영향을 안겨주었음이 분명하다.

- 부모와 자녀 사이의 유대감 조성.
- 책을 읽는 활동에 대한 호기심과 흥미 유발.
- '이야기를 들려주어야 한다'는 책임감 때문에 책을 읽을 때 습관적으로 집중하게 됨.
- 발표력 향상.

그런데 이 네 가지와는 비교할 수 없을 정도로 아주 중요한 포인트가 하나 있다. 바로 폭풍 칭찬이다. 나에게는 책을 읽는다는 것 자체가 칭찬을 수반하는 긍정적인 행위로 깊게 각인되어 있다. 내게 책을 읽는다는 건 누군가와 내용을 공유하는 일이기도 해서 나는 아직도 책을 읽을 때 등장인물의 이름이며 사건 흐름의 요점에 집중하면서 읽는다. 이 폭풍 칭찬은 발표 불안 극복에도 아주 효과가 크다. 이를 뒷받침하는 이론적 근거가 있다.

해리스택 설리번 Herbert Harry Stack Sullivan

발표 불안은 당신의 대인 관계 역사 속에 숨어있는 문제 때문일지도 모른다.

헨리 머레이 Henry Alexander Murray

발표에 불안을 느끼는 건 동기가 부족해서다. 어떤 동기가 부족한가?

지그문트 프로이트 Sigmund Freud

발표에 대해 무의식적 작용이 있을 것이다.

프레드릭 스키너 Burrhus Frederic Skinner

사람의 행동은 그 행동의 결과에 영향을 받는다.

나는 발표 불안 때문에 심리학 책을 마음먹고 깊게 한번 파본 적이 있다. 여러 심리학자 중에 내 발표 불안을 이해하는 데 가장 도움이 되었던 건 행동주의 심리학이다. 이는 내면이나 무의식, 동기보다는 행동의 결과에 초점을 맞춘 이론이다.

날벼락을 맞으면 불안하다 ▶▶ 발표 시작하기 전 날벼락을 맞았다. 불안하다 ▶▶ 발표하기 전 불안하다.

발표와 불안 사이에 날벼락이라는 연결 고리가 있다. 홍콩에서 스피치를 시작하기 전 날벼락을 맞았을 때 나는 극도로 당황하고 긴장을 하며 불안감을 느꼈다. 발표와 벼락이 연결되면서 발표 시작 전 벼락 없이도 벼락 맞은 듯 불안감을 느끼게 된 것이다. 이는 행동주의 심리학에서 말하는 고전적 조건 형성이다. 학교 다닐 때 스쳐 지나가듯 배웠던 파블로프의 개 실험이 이 이론을 뒷받침한다.

> 먹이를 준다. 침을 흘린다 ▶▶ 종을 울린다. 먹이를 준다. 침을 흘린다 ▶▶ 종이 울리면 먹이를 주지 않아도 침을 흘린다.

이 이론에 따르면 나는 발표 때문에 불안해진 게 아니라 불안을 유발했던 날벼락의 경험과 발표를 연결해서 그렇게 불안에 떤 것이다. 즉 나는 발표 때문에 긴장을 한 게 아니라 발표를 불안감과 연결한 비합리적인 사고로 긴장 증세를 겪은 것이다.

내 불안 증세에 빛 한 줄기를 더 보여준 건 '조작적 조건 형성 이론operant conditioning theor'이다. 스키너는 "인간의 행동은 그 행동의 결과에 영향을 받는다"고 주장했고 이 이론을 설명하기 위해 '상자 실험 skinner box'을 했다.

> 상자에 쥐가 있다. 지렛대가 있다 ▶▶ 지렛대를 누르면 먹이가 나온다 ▶▶ 쥐가 우연히 지렛대를 눌렀다. 먹이가 나온다 ▶▶ 쥐는 지렛대를 자주 누른다.

홍당무는 이제 안녕

이 실험을 통해 스키너는 쥐가 지렛대를 누른 행동은 행동 전에 주어지는 자극보다는 뒤따라오는 결과_{지렛대를 누르면 먹이가 나오는 것}에 의해 더 크게 통제를 받는다고 주장했다. 어린아이가 공부를 열심히 하거나 밥을 잘 먹거나 하는 행동은 특정 자극에 의해 자동적으로 유발되는 것이 아니라, 과거에 그러한 행동을 할 때 어떤 보상을 받았느냐에 따라 달라진다는 것이다.

이 이론에 의하면 나는 발표를 하려고 할 때마다 불안 증세를 느끼게 되어 발표 행위를 피하거나 줄이려고 했다. 그 때문에 발표에 '먹이'와 같은 '보상'이 결합되어 있으면 내 행동의 변화가 생길 수 있다는 결론에 이른다.

이 먹이가 바로 '칭찬'이다. 스피치 학원에서 처음 경험해 보았다. 내 순서의 발표가 끝나자 짜놓은 각본 같은 칭찬이 폭풍으로 쏟아졌다. 어리둥절했다. 어색하고 불편하기도 했다. 부끄러웠다. 이게 뭐 하는 짓인가 싶기도 했다. 그런데 지속해서 이 칭찬을 듣다 보니 조금씩 익숙해지기 시작했다. 학원에서 내 차례가 되어 칭찬을 대놓고 막 들을 때는 어색하고 불편한데 집에 돌아오는 길이나 양치를 하다가 이 칭찬이 떠오르면 공연히 씩 한번 웃는다.

발표 모임에 참석하면서 폭풍 칭찬을 꾸준히, 제대로 받을 수 있었다. 내 특정 행동 '발표'에 그 결과를, 먹이인 '칭찬'으로 연결해서 '발표를 하면 칭찬이 쏟아진다'를 반복적으로 주입하니 서서히 내 심경과 행동에 변화가 생기는 걸 느낄 수 있었다. 발표 자리에 대한 부담이 차츰차츰 줄어들었다. 칭찬은 발표 불안 극복에 아주 효과적이다. 의도적이고 조작된 칭찬이든 자연산 칭찬이든 간에.

홍당무는 이제 안녕

서로가 서로에게
좋은 말을 할 때

칭찬 샤워는 전문가의 강의보다, 스피치 학원 수업보다 한의사나 정신과 의사의 처방보다 훨씬 더 강력한 효과가 있다. 적어도 나에게는 그렇다. 내 일상과 내 업무와 직접적인 관계가 없는 여러 사람이 동시에 나도 몰랐던 내 장점, 매력 포인트에 대해서 휘몰아치듯 쏟아내주는 시간. 살다가 한 번이라도 겪어본 적 있을까?

아주 가끔 배탈이 제대로 날 때가 있다. 갑자기 창자가 꼬인 듯이 아프면서 순간 숨을 쉬기조차 어렵고 온몸을 관통하는 통증 전류로 나는 누구인지 또 여기는 어디인지 잊을 만큼 아프곤 한다. 돌연 찾아오는 이런 통증은 순간적으로 세상과 나를 분리한다. 머릿속의 모든 생각이 싹 지워지고 '아프다, 아프다. 안 아프고 싶다'로만 채워진다. 그러다 복통이 가라앉고 나면 그 통증의 순간도 같이 사라진다. 아픔을 없앨 수 있다면 영혼이라도 팔 기세였다가, 괜찮아지면 그 간절함도 뚝 없어진다. 웃긴 건, 다시 탈이 나면 예전의 통증이 기억난다. '아, 맞다. 지난번에도 이렇게 아팠지.' 그러고는 또 잊어버린다. 내게 발표 불안이 그랬다. 발표를 시작하기 전에는 '긴장된다', '떨린다', '진정하고 싶다'만 뇌리에 가득 찬다.

'뭐라도 해야 해. 계속 이러고 살 수는 없어.' 이 불안감만 가신다면 무엇이든 해야겠다는 생각이 절실하게 든다. 그러다가 발표가 끝나고 나면 간절했던 그 순간도 같이 끝나고 절실함으로 그득했던 그 자리를 실망감과 좌절감이 채우곤 했다. 슬프게도, 이 과정이 반복되었다.

배가 아픈 건 차라리 더 간단한 문제였다. 병원에서 검사하고, 약을 먹고, 음식을 조심하고, 잘 쉬면 회복되었다. '병원에 가기'와 '의사의 처방에 따르기'만 잘하면 대부분의 복통은 괜찮아졌다. 그런데 불안증은 그렇지 않았다. 이 긴장이 '문제가 있다'라고 받아들이는 것부터가 쉽지 않았다. 발표 불안이라는 게 참 고질적이고 지독한 증상이라 어지간한 방법으로는 깡그리 없애기 쉽지가 않다. 이 모진 놈을 무찌르기 위한 강력한 무기, 발표 불안을 극복하기 위한 마지막 핵심 비법으로 명의名醫 중의 명의, 방청객 요정을 소개하고자 한다.

> **방청**傍聽:정식 성원이 아니거나 직접적인 관계가 없는 사람이 회의,
> 토론, 연설, 공판公判, 공개 방송 따위에 참석하여 들음.

방청객은 정식 구성원이 아닌, 직접적인 관계가 없으면서 '듣는' 사람이다. 직접적인 이해관계없이, 내 이야기를 평가하고 분석하고 판단하기보다는 '들어주는 사람'이다. 그럼 방청객 요정은 누구일까? 청자聽者로서 내 이야기를 좋게만, 하염없이 좋게만, 이유 불문하고 아름답게만 들어주고 비판이나 지적질 같은 건 지퍼 달린 주머니 속에 꼭꼭 넣어두고 칭찬만, 예쁘고 좋은 말만 한없이 하다가 어색하고 민망함에 손발이 요동치다 날개가 되어 요정이 된 사람이다.

발표 모임에 '칭찬 샤워' 순서가 있다. 미리 정해 둔 주제에 맞추어 한 명씩 발표를 하고 끝날 때마다 발표자에게 칭찬을, 샤워가 가능할 정도로 집중적으로, 말 그대로 퍼붓는다. 발표의 어디가 어떻게 좋았는지 칭찬 세례를 퍼붓는다. 이 칭찬 샤워는 발표 모임의 꽃이다. 평일

홍당무는 이제 안녕

저녁 모임이라 회를 거듭하다 보면 피곤하고 지친 어느 날은 하루 빠질까 싶은 마음이 들 때가 있다. 그런데도 이 칭찬 샤워를 받고 싶은 마음에 무거운 발걸음을 끌고 온다는 사람도 꽤 있다.

모임에서 하는 칭찬은 100퍼센트 진심이 아닐 수도 있다는 사실을 참석자 모두는 알고 있다. 그런데 그게 중요하지 않다. 영혼이라고는 1그램도 담겨 있지 않은 것 같은 칭찬은 모임 자리에서는 '에이, 이게 뭐야' 하다가도 혼자 있을 때 떠오르면 피식 웃음이 난다. '내가 목소리가 그렇게 듣기에 좋은가?', '웃는 모습이 좀 멋져 보이긴 하나?' 들을 때는 분명 억지 칭찬이라 생각했는데 문득 그 칭찬들이 떠오른다. 내 몸 어딘가에 붙어 있다가 어느 순간엔가 불쑥 떠오른다, 칭찬의 말들은. 칭찬 샤워라는 게 대개 이렇다.

- 목소리가 참 듣기 좋아요.
- 발표 도중 시선 처리가 전문 강사 같네요.
- 이야기를 재미있게 해서 몰입해서 들었어요.
- 손동작을 참 적절하게 잘 쓰시네요.
- 웃는 모습이 여유로워 보여요.
- 서있는 자세가 안정적이에요.

이 정도는 순한 맛이다. 함께 보내는 시간이 조금 길어지고 참석자들끼리 조금 더 가까워지면 강도가 세진다.

◦ 스피치 도중 얼굴이 살짝 빨개졌는데, 지난번보다는 괜찮아 보이네요.

◦ 목소리가 스쳐 지나가듯 잠깐 들어도 오래오래 기억에 남을 그런 목소리예요. 성우를 해도 대성할 것 같습니다.

◦ 오늘따라 눈동자가 유난히 짙고 크네요. 말할 때의 눈빛이 아주 호소력이 있어요. 집중하게 만드는 힘이 있습니다.

◦ 서있는 자세가 보는 사람까지 편하게 느껴질 정도로 자연스럽습니다. 저도 따라 해보고 싶어요.

◦ 본인이 하는 얘기에 몰입하는 모습이 느껴져서 좋았습니다. 내 얘기에 나조차 설득되고 매료되는 기분이 어떤 것인지 궁금할 정도예요.

◦ 분명히 앞에 나가서 말씀하고 있는데 제 앞에서 저에게만 얘기하는 것처럼 느껴집니다. 청중 앞에서 한 사람과 대화하듯이 편하게 말하는 게 참 좋아보였어요. 멋집니다.

나열하다 보니 이게 뭐 하는 짓인가 싶다. 이건 사람이 할 노릇이 아니다. 요정 정도는 되어야 가능하다. 방청객 요정들이 내 앞에 앉아 칭찬의 마법 가루를 마구마구 뿌려주면 처음에는 적응이 잘 안되어서 어질어질하다. 민망함이 대기권을 뚫고 솟아올라 도저히 참고 듣고 있기가 어려울 정도다. 그렇지만 이 요정의 칭찬은 강력한 마법의 힘이 있다. 실망과 좌절로 딱지가 생겼던 내 마음에 연고가 되기도 하고 죽을 때까지 이러고 살아야겠다는 좌절감에 '괜찮아질 수 있다'라는

홍당무는 이제 안녕

생각이 들어갈 틈을 만들어 주기도 한다. 도무지 장점이라곤 없고 매력적인 데라곤 찾아볼 수 없는 존재라 생각했던 나에게 '나도 좀 괜찮은 데가 있나?', '내가 눈이 그렇게 예쁘게 호소력이 있나?' 유의 긍정적이고 예쁜 생각을 하게 해주기도 한다.

이 칭찬 샤워는 전문가의 강의보다 스피치 학원 수업보다 한의사, 정신과 의사의 처방보다 훨씬 더 강력한 효과가 있다. 내 일상과 내 업무와 직접적인 관계가 없는 여러 사람이 동시에 나도 몰랐던 내 장점들, 매력 포인트에 대해서 휘몰아치듯 쏟아내주는 시간, 살다가 한 번이라도 겪어본 적 있을까?

이 방청객 요정의 칭찬 샤워는 모임에 나가기로 마음만 먹으면 언제든 받을 수 있다. 필요하다, 그립다, 결핍이 느껴진다 싶을 때면 언제든 씩씩하게 발표 모임에 참석만 하면 된다. 집 근처, 회사 주위에 발표 모임이 있는지 적극적으로 찾아보자.

툭 내뱉은 말의
무게

무모한 도전은 때로는 처절한 뒷감당을 부르기도 한다. 그렇지만 의외의 곳에서 전혀 예상하지 못한 일을 하며 일평생 부딪힐 확률이 거의 없었을 듯한 사람들과 부대끼며 인생의 한 꼭지를 채워나가는 것도 그 나름의 의미가 있다.

멕시코에서 친한 친구들과 모여 야외에 테라스가 있는 카페테리아에서 간단히 점심을 먹는 중에 엉뚱한 얘기가 나왔다. 멕시코 자체 디자이너 의류 브랜드가 한창 사회적으로 이슈였는데 우리도 브랜드를 한번 만들어 보자는 제안을 누군가가 했다. "오! 재밌겠다" 유의 대화가 오가긴 했지만 반 이상 농담이었다. 그런데 몇 주 후 그중 한 명이 기획서를 간단히 만들어 왔다. 심심풀이 정도라 하기에는 제법 구체적이었다. 석 달 가까이 동안 모이기만 하면 그 얘기를 나누다가 "그럼 정말로 한번 해볼까?" 단계에 이르렀다. "디자이너 찾아볼게", "마케팅은 내가 할게", "부모님을 설득해서 투자금 받아올게", "운영은 내가 할게"로 각자 맡고 싶은 부분에 대해 의견을 주고받았다.

"그렇다면 나는 생산을 맡을게." 친구들끼리 모여 그저 색다른 놀이를 하고 있다고 생각했다. 그래서 별생각 없이 툭 뱉은 말이었다. 그런데 그로부터 8개월 후 나는 정말로 옷을 만드는 공장에서 일을 하게 되었다. 온두라스 산 페드로 술라에 있는.

온두라스 공장에 안착하는 데까지 많은 허들이 있었다. 멕시코 시장만으로는 부족하니 미국을 공략하자는 큰 그림을 그리며 옷을 어디서 만드는 게 좋을지에 대해 다 같이 고민하다가 엘살바도르, 니카라과, 온두라스가 후보에 올랐다. 다섯 명 중 누구도 옷을 만들어 본 적도 없고, 공장 근처에도 가본 적 없어서 무엇을 어떻게 시작해야 할지 막막하긴 했다.

"옷 만드는 공장에서 일을 해보면 되겠네. 일하다가 아예 그 공장에서 옷을 바로 만들어도 되겠다." 나머지 친구들은 내 무모한 제안을 강하게 만류했다. 그렇지만 호랑이를 잡기 위해 공장으로 들어가 보는 것도 재미있겠다 싶어서 마구 밀어붙였다. 새로운 걸 배울 수 있는 일이었고 그 일을 함께 도모할 친구들이 마음에 들었다. 고민은 최소한으로, 준비를 최대한으로 하려 했다.

후보지 나라에 있는 의류 공장을 찾다보니 한국 회사가 여럿 있었다. 우리나라의 의류 공장이 중미에 그리 많이 진출해 있는 걸 처음 알았다. 당장 멕시코 생활을 정리하고 중미로 가려고 하자 현실적인 걸림돌이 상당히 많았다. 비자, 집, 짐, 멕시코에서 짬짬이 벌여 놓은 여러 일들. 가장 큰 문제는 부모님의 반대였다. 중미에 있는 의류 공장에 가서 일하고 싶다는 내 말을 전해 들은 아버지가 펄펄 뛰었다. 설득하는 과정이 쉽지 않았지만, 마음 약한 아버지는 결국 이해해 주었다. 부모님 허들 다음은 취업이었다. 내가 가고 싶다고 회사에서 "감사합니다. 중미 공장으로 보내 드릴게요"라고 할 리는 없으니. 그런데 운 좋게도, 때마침 과테말라와 온두라스에 공장이 있는 한 업체에서 채용 공고가 나왔다. 서류 전형 통과 후 면접 과정에서 왜 중미 공장에 가서 일하고 싶은지를 열심히 피력했다. 중미가 선호 근무지가 아니라 오히려 회피 지역이라는 사실이 내게는 장점으로 작용했을지도 모른다. 온두라스까지 가는 데는 여러 우여곡절이 있긴 했지만, 결국 잘 도착했다. 2천여 명의 현지 직원과 30명 정도의 한국인이 함께 일하는 공장이었다.

온두라스는 참 더웠다. 40도가 넘는 날도 자주 있었다. 출근할 때 에어컨을 약하게라도 틀어 두지 않으면 바닥에 물이 고일 정도로 습했다. 더위가 절정에 오르는 오후 2시경, 아스팔트 길 위에 달걀을 풀면 왠지 익을 것 같다 싶을 정도로 땅이 지글지글 끓었다. 공장은 도심에서 40분 정도 떨어진 외진 곳에 있었다. 현지 직원들은 통근 버스를 타고 다녔고 한국인 직원들은 대부분 공장 바로 옆 사택에서 지냈다. 주말이면 한국인 직원들이 무리 지어 회사 차를 타고 다운타운으로 나가서 외식도 하고 쇼핑도 하고 영화를 보러 가기도 했다.

일은 대체로 재미있었다. 수출입 업무를 맡게 되었는데 현지인 직원들의 업무 텃세가 있어서 초반 몇 달은 고생을 좀 했다. 멕시코에서는 현지 직원과 한국인 직원의 관계가 수평적이었는데 온두라스 공장은 그렇지가 않았다. 급여 조건에서부터 직급, 복지에 차별이 조금 심했다. 여성 직원 비율이 100퍼센트인 부서에 전임자가 아르헨티나 교포 출신의 인기 많은 남성이어서 내가 딱히 환영받을 상황이 아니기도 했다. 그렇지만 시간이 갈수록 현지 직원들과 조금씩 자연스럽게 가까워졌다.

사택 생활도 낯설고 공장 문화도 익숙하지 않았지만 새로운 일을 시작한다는 기대감에 에너지가 넘쳤는지, 얼마 지나지 않아 공장 생활에 제법 적응하게 되었다. 내게 잔뜩 날을 세웠던 부서원들이 점차 마음을 여는 과정을 지켜보는 것도 의미 있었다. 주중에는 공장에서 일하고 주말이면 다른 공장을 기웃대며 내 나름의 방식대로 시장 조사를 하고 다녔다. 맡은 역할을 각자의 방식으로 진행하고 있는 멕시코에 있는 친구들과 틈틈이 연락을 주고받으며, 온두라스 공장 이야기를 들려주기도 하고 브랜딩이나 마케팅, 디자인 관련 얘기를 전해 듣기도 했다.

온두라스 생활은 1년 반 정도에서 마무리되었다. 가장 큰 이유는 노동자들의 권익을 위한 사회 운동이 나라 전반에 걸쳐 물결치듯 일어나서 공장 운영이 원활하지 못해 많은 공장이 베트남이나 캄보디아로 옮겨가기 시작했다는 것이다. 온두라스에서 생산해 미국으로 수출할 경우 세금 등 다양한 혜택이 있었는데, 각종 법규와 조항이 변경되면서 여러모로 의류 생산지로서의 경쟁력을 꽤 상실했다. 동시에 멕시코 내에서도 변화가 있었는데, 우후죽순 생긴 멕시코 자체 의류 브랜드에 대한 시장 반응이 좋지 않았다. 새로운 생태계가 조성될 것 같다는 우리 예상과는 달리 잠깐 반짝인 현상에 불과해 보였다. 고민 끝에 의류 브랜드 론칭은 잠정 보류하기로 했다. 더욱이 그즈음에 걸린 풍토병으로 몸이 녹초가 되어 휴식이 필요한 상태이기도 했다.

홍당무는 이제 안녕

호기심으로 무작정 막 덤벼든 일에 늘 좋은 결과만 있었던 건 아니다. 무모한 도전은 때로는 처절한 뒷감당을 부르기도 했다. 그렇지만 하고 싶은 일이 생겼을 때 돌진하는 내 모습이 참 좋았다. 그리고 뜻밖의 장소에서 전혀 예상하지 못한 일을 하며 일평생 부딪힐 확률이 거의 없을 듯한 사람들과 부대끼며 인생의 한 꼭지를 채워 나가는 것도 그 나름의 의미가 있었다. 발표 불안이 때때로 내 발목을 잡는 상황에서도 본디 내 성향대로 '돌격 앞으로'를 구현했을 때의 쾌감도 있었다.

온두라스로의 진격은 함께 일을 도모한 멕시코 친구들과 20년이 넘도록 끈끈한 관계를 유지할 수 있는 동력이 되었다. 또한 섬유 산업에 대한 지식과 경험이 생겼고 중미 사회와 문화에 대한 현실적인 이해가 더해지기도 했다. 아, 한가지가 더 있다. 대학원에서 조직행동론 수업을 들을 때 이 경험을 케이스로 만들어서 발표했더니 스타가 되었다. 아스팔트 도로 대신 진흙길을 선택한 경험에 대한 대가였을까. 머릿속으로만 사업을 구상했다면 절대 얻을 수 없는 귀한 경험이었다. 이 일로 실패해도, 넘어져도 얻을 것은 있다는 스프링 같은 회복 탄력성을 얻은 건 덤이다.

부처의 눈과
돼지의 눈

내가 드러내지 않으려고 애쓰고 드러나면 자존심이 상하기까지 하는 그 부분이, 실은 내 눈에만 보이는 것일 수도 있다.

나는 긴장하면 얼굴이 붉어지곤 한다. 긴장이 치솟아 대기권을 빠져나갈 때면 뺨에서 시작된 홍조가 귀를 거쳐 부지런하게도 목까지 내려온다. 더 슬픈 건 얼굴이 붉어지면 이상하게도 자존심이 상하는 기분이 들곤 했다는 거다. 링 위 싸움에서 진 복싱 선수 같은 기분이었다. 패배자가 된 기분. 얼굴이 달아오르면 시작한 적도 없는 싸움에 지고 존재하지도 않는 상대에게 한없이 얻어맞는 듯한 이상한 감정에 휩싸였다. 그래서 얼굴이 화끈거리기 시작하면 사고가 약간 마비되면서 온 신경이 얼굴로 쏠렸다. 신경을 쓰면 쓸수록 더 붉어지는 걸 알면서도 어떻게든 진정해 보려고 하지만 그게 되냐고, 안 되지.

언젠가부터 나는 무대나 단상 위에 있는 사람의 불안 정도를 파악하는 척도가 '얼굴이 얼마나 붉어졌나'가 되었다. 낯빛이 홍조를 띠지 않으면 긴장을 안 한 상태, 살짝 붉어지면 조금 긴장 상태, 얼굴이 아주 빨갛게 물들면 극도로 긴장한 것으로 생각했다. 흥미로운 사실은, 발표 불안 증상에 대해 본격적으로 파고들기 전에는 내 기준이 일반적인 거라고 생각했다. 긴장하면 얼굴이 붉어지는 건 딱히 특이할 것 없는 자율신경계의 반응이니. 그런데 아주 일반적이지는 않았다. 발표 불안의 정도를 따지는 기준이 사람마다 다르다는 걸 알게 되었다. 판단의 잣대가 목소리의 떨림, 무릎 움직임, 손 떨림, 시선 처리, 몸짓의 정도 등으로 다양했다. 그런데 스피치 학원, 발표 모임에서 만난 이들과 이야기를 나누는 과정에서 이 기준이 '스스로의 불안 증세'와 관련이 있다는 걸 발견하게 되었다.

긴장하면 목소리가 떨리는 게 너무 싫어서 그걸 꼭 고치고 싶다는 사람은 단상 위 발표자가 불안해하면 목소리가 떨리는지에 대해 먼저 살펴보게 된다고 한다. 불안증이 올라오면 무릎이 달달 떨려서 너무 괴롭다고 한 사람은 발표자의 무릎이 떨리나 안 떨리나 본다고 한다. 불필요한 몸짓과 손동작을 고치고 싶어 한 분은 말하는 사람의 제스처가 제일 눈에 먼저 들어온다고 한다. 긴장되면 눈을 어디에다 둬야 할지 몰라서 불편하다고 한 분은 발표자의 시선이 어떤지가 도드라져 보인다고 한다.

스피치 모임을 함께 하는 몇 분과 세미나 자리에 같이 갈 기회가 있었다. 세미나가 끝난 뒤 근처 카페에서 차를 한잔하는 자리에서 재미있는 대화를 나누었다.

"강사가 무대 경험이 많나봐요. 전혀 긴장을 안 하더라고요."
"그래요? 꽤 떠는 것 같던데."
"제가 봐도 그랬어요. 불안해하는 게 느껴져서 저도 덩달아 긴장됐어요."

홍당무는 이제 안녕

금융 IT 관련 세미나였는데 발표 불안인들답게 우리의 대화 주제는 발표 불안이 먼저였다. 나와 한 사람은 강사가 '전혀' 긴장을 안 했다고 느꼈고 나머지 두 사람은 강사가 꽤 떠는 게 보였다고 했다. '어, 이상하다?' 싶었는데 얘기를 나누다 보니 불안을 평가하는 각자의 기준이 다르다는 걸 알았다. 세미나 발표자는 얼굴이 전혀 붉어지지 않았다. 그래서 나는 긴장한 기색을 그리 못 느꼈다. 무릎 떠는 게 콤플렉스인 사람은 "그 긴 시간 서서 무릎 한 번 떨지 않고 잘하던데?"라고 했다. 목소리 떨림을 고치고 싶어 한 나머지 두 사람은 "목소리가 중간중간에 여러 번 떨렸어요"라고 했다.

내가 재미있다고 느낀 지점은 내가 발표자의 목소리 떨림을 전혀 알아채지 못했다는 거다. 이와 비슷한 경험이 여러 차례 반복되었는데 발표자의 얼굴이 사이사이에 여러 번 붉어져서 '아이고, 긴장 많이 했구나' 싶었던 상황에서도 나와 다른 증상이 있는 사람들은 그 얼굴 붉어짐을 전혀 인지하지 못하고는 "강사가 긴장했다고요? 전혀 안 그랬던 거 같은데요?"라는 반응을 보였다.

이럴 수가. 저게 눈에 안 보인다고? 전혀? 내가 그렇게도 감추고 싶어 했던 내 콤플렉스가 실은 다른 사람 눈에 보이지도 않는 것일 수도 있다는 게 내게는 적잖은 충격이었다. 자존심과 자신감을 꾸역꾸역 좀먹었던, 내 열등감의 원인이었던 안면홍조가 어떤 이의 눈에는 '감지조차 안 되는 것'이라는 것이 너무나 뜻밖이었다. 부처의 눈에는 부처처럼 보이고 돼지의 눈에는 돼지처럼 보이는 걸까?

내가 타인에게 드러내기를 꺼리는, 감추고 싶은 부분이 다른 사람 눈에는 보이지도 않는 무언가일 수도 있다. 오랜 시간 나를 괴롭혔던 '긴장 시 얼굴 빨개짐'이 실은 어떤 이에게는 전혀 보이지도 않았다는 게 너무 놀라웠다. 이 사실을 알고 난 후 나는 얼굴의 열감에 조금씩 덜 예민해지기 시작했다. 얼굴이 조금만 달아올라도 어떻게든 가라앉혀 보려고 애쓰는 대신 발표 내용에 조금 더 집중할 수 있었다.

비로소 컴컴한 마음이
사라질 때

다른 사람에게서 내가 가진 발표 불안의 콤플렉스가 보이면 그걸 반복해서 억지로 칭찬해 보자. 하다보면 처음에는 곱게 보이지 않던 점들이 '어, 이거 나쁘지 않은데?' 하고 조금씩 설득된다.

발표자를 앞에 세워두고 칭찬을 주고받는 것은 쉽지 않다. 칭찬할 점을 찾는 데도 시간이 오래 걸리고, 찾아낸 부분을 어떤 방식으로 어떻게 칭찬을 해야 할지 순간 떠오르지 않아서 입이 잘 안 떨어지기도 한다. 발표 모임에서 칭찬 샤워를 해야 하는 순번이 돌아왔을 때 초반에는 딱히 할 말도 없고 내가 하려고 했던 말을 앞쪽 누군가가 해버리면 순간 멍해지는 등 퍽 불편하다. 그렇지만 눈 딱 감고 억지로 박박 긁어서 칭찬거리를 짜내다 보면 시나브로 익숙해지고 자연스러워져서 나도 모르게 예쁘고 고운 칭찬을 술술 쏟아낸다.

'발표 불안러'들이 청중의 자리에 있을 때면 발표자에게서 자신의 가장 자신 없는 모습을 먼저 발견하게 된다는 걸 앞에서 언급한 바 있다. 흥미로운 건, 방청객 요정이 되어 발표자에게 칭찬 샤워를 할 때도 무의식적으로 나의 부족한 부분 위주로 칭찬하는 경향이 있다는 거다. 나는 나도 모르게 자꾸 발표자의 얼굴색에 눈이 간다. 나는 나와 같은 안면홍조 증상을 지닌 발표 불안인을 만날 때 이렇게 조언하곤 한다. "나만의 개성 아닐까요?", "콤플렉스라고 생각하지 마세요" 등. 칭찬 폭격이 어렵다면 다음과 같이 매뉴얼을 익혀도 좋다.

- 콤플렉스를 자신만의 매력이라고 생각해 보는 거예요.
- 내 단점이 다른 사람의 시선에서는 장점으로 보일 때도 있어요.
- 단점을 극복하려는 시도가 참 좋습니다.

나에게 안면 홍조는 알 수 없는 패배감을 주는 열등감 덩어리였는데 타인이 내게 보이는 얼굴 붉어짐은 그렇지 않았다. 얼굴이 달아오르면서 살짝 웃을 때 발표자가 매우 인간적으로 보이고 선한 분위기가 느껴지면서 왠지 믿을 수 있는 사람일 것 같은 인상을 주었다. 이건 뭐 내가 하면 불륜, 남이 하면 로맨스 아닌가. 내로남불이 아니라 내불남로다.

타인에게서 나와 같은 콤플렉스를 발견하고 '억지로' 칭찬을 만들다 보면 묘하게도 조금씩 거기에 젖어 들고 빠져들면서 조금씩 설득이 되기 시작한다. 솔직히 처음부터 그 단점들이 막 좋아 보이지는 않는다. 좋게 보려는 노력이 조금 필요하다. 그런데 일부러라도 그 콤플렉스를 긍정적인 방향으로 보려고 시도하면서 말로 내뱉다 보면 내가 그렇게나 숨기고 싶고 감추고 싶었던 내 열등감 뭉치들이 그리 나쁘게만 보이는 건 아니라는 생각이 들기 시작한다. 이게 핵심이다. 어떻게든 감추려고 애를 썼던 내 콤플렉스가 타인이라는 거울을 통해 '그렇게 엄청나게 못나 보이고 이상해 보이는 게 아니었구나'라는 걸 알게 된다. 이 과정에서 그 콤플렉스가 실은 '나라는 사람의 개성과 특성의 일부'라는 것을 받아들일 수 있게 되면 두 가지 변화가 생긴다.

첫째, 콤플렉스라고 느끼던 불편하고 컴컴한 마음이 조금씩 사라지고, 둘째, 그 증상 자체가 조금씩 사라진다. 긴장할 때 나타나는 여러 증상은 실은 자연스러운 자율신경계 신체 반응이라, 내 의지로 조절이 가능한 영역이 아니기에 신경 쓰지 않고 그냥 두면 잠깐 나타났다 사라지기 마련이다. 시간이 지나도 그 증상을 받아들이지 못하고, 제어하려고 노력하는데도 안 되면 좌절하기 보다는 내 마음에 적응할 시간을 더 주자. 타인에게 관대한 만큼 나에게도, 내 마음에도 너그러움을 갖는 것은 불안과 긴장에 지친 마음을 보살피는 첫 걸음이 아닐까.

불안의 촉을
기회로 만들다

인생은 의외의 상황으로 흘러갈 때가 많다. 언제 어디서 누구를 어떻게 만나게 될지 알 수 없는 게 인생이다.

해외 생활을 잠시 멈추고 서울에서 지낼 때의 일이다. 같이 사는 친구가 미국계 IT 회사에서 엔지니어로 일하고 있었다. 퇴근하고 같이 미용실에 가기로 한 날, 친구는 예정에 없던 업무 회의로 대전에 가야 한다며 아침 일찍 집을 나섰다. 점심시간쯤에 약속시간 확인차 친구에게 전화했다.

친구는, 대표님이 서울에 있는 사진관에 가야 해서 조금 일찍 출발할 예정이라고 했다. 갑작스러운 해외 출장으로 대표님이 여권을 급히 재발급받아야 하는데 사진을 찍어 둔 사진관이 기억나지 않아 일찍 출발해야 하는 상황이라고 덧붙였다. 지금이야 손쉽게 검색이 가능하지만 그때는 딱히 방법이 없었다.

사진관의 대략적인 위치를 친구가 지나가듯 언급하자 불현듯 기억이 떠올랐다. 그리고 한 가지가 더 떠올랐다. 사진관 맞은편에 전면이 통유리로 된 자동차 매장이 있었다는 것. 114에 전화를 걸어 매장 전화번호를 알아내고는 바로 전화를 걸었다. 정중하게 인사 먼저 하고 대뜸 부탁을 하나 했다.

"맞은편 사진관 이름 좀 알려 주실 수 있을까요? 사진관에 급히 연락해야 하는 분이 있는데 상호를 몰라서 대전 출장 중에 거기까지 지금 바로 가야 한대요." 전화를 받은 자동차 매장 직원은 웃으면서 간판에 전화번호가 있다며 불러주었고, 얼른 친구에게 전달했다. 며칠 후 그 대표님은 나에게 보답으로 점심식사를 사주었다.

"월요일 아침 9시에 영동대교 위에 차가 몇 대가 있을까요?" 대표님은 음식이 나오기도 전에 이런 유의 질문을 쉴 새 없이 던졌고, 나는 이 뜬금없는 상황이 뭔가 싶어서 어리둥절하면서도 성실히 답했다. 질문들이 신선하고 재미있었다. 한 번도 생각해 본 적 없는 것에 대해 낯선 방식으로, 새로운 각도로 다양한 퀴즈를 내 질문과 답을 던지고 받는 재미가 쏠쏠했다. 꽤 긴 시간 대화를 주고받았고 질문을 끝낸 대표님은 그제야 방긋 웃었다.

친구는 내게 업무 얘기를 자주 하는 편이었다. 개발 분야라 아는 바가 딱히 없긴 했지만, 열심히 듣고 내 생각을 함께 나누곤 했다. 같은 문제를 두고 친구와 나는 놀라울 정도로 다른 생각을 할 때가 많았는데 친구는 그걸 업무 회의 때 친한 친구의 의견이라며 다른 직원들과 공유했다. 비슷한 상황이 몇 번 생긴 후 대표님은 내 친구에게 언젠가 기회가 되면 나와 식사 같이 한번 하자고 했고, 여권용 증명사진 인화 사건을 계기로 식사 자리가 잡힌 거다.

투자 쪽은 나와는 거리가 먼 분야였다. 그런데 아주 희박한 가능성의 연속으로 규모가 꽤 큰 투자사 대표님이자 친구네 회사의 임시 대

홍당무는 이제 안녕

표님과 식사 자리를 가졌고 나도 모르는 사이 그 시간이 면접 비슷한 자리가 되었다. 이후 몇 번의 만남을 더 가졌고 내게 다양한 일거리를 안겨주었다. 잘 풀리지 않는 문제가 생길 때는 '상자 밖 사고를 하는' 내 도움이 필요하다며 연락을 하곤 했다. 대표님의 문제는 늘 새롭고 흥미롭고 재미있긴 했지만, 왠지 모르게 '어른들의 세계'의 일 같아서 선뜻 마음 제대로 먹고 덤비기에는 망설여졌다. 내가 우물쭈물하는 사이에 대표님은, 캐나다에서 어학연수를 마치고 콜롬비아로 가서 신나게 일하는 나를 설득해서는 한국으로 불렀다. 그분의 추천으로 몇 번의 면접 과정을 거쳐 미국계 해외자원개발 투자 회사에서 일을 하게 되었고, 이를 계기로 인도 관련 프로젝트를 맡아서 인도 북동부에 있는 아삼주에 오가기도 했다.

회사 요청으로 금융 기관에서 진행하는 여러 연수를 다니면서 재무 관련 지식을 조금 쌓기는 했지만, 재무와 투자가 엮여 있는 일을 제대로 하기에 턱없이 부족하긴 했다. 그래서 대표님은 내게 몇 년에 걸쳐서 MBA 진학을 권했고 나는 결국 스페인으로 유학을 떠났다.

당시 친구는 휴대폰 소프트웨어 개발 회사에서 일했고, 따지고 보면 내가 했던 일과 하등 상관없었다. 그런데 친구가 회사 일을 가져와서 "이거 어떻게 생각해?" 하면서 쓱 내밀면 그게 그렇게나 좋았다. 호기심이 발동해서 반가웠고, 친구와 일 얘기를 하는 게 재미있었고, 내가 조금이라도 도움이 될 지도 모른다는 생각에 기분이 좋았다. 나는 세상 모든 일이 돌고 돌아 결국 어떻게든 연결되어 있다고 믿는다.

기회가 닿을 때 들어두고, 익혀두고, 알아두어서 나쁠 일이 없다고 생각한다. 그래서 어떤 일이든 눈 앞에 펼쳐지면 일의 경중과 관계없이 순간적으로 몰입해서 파고든다. 일생에 몇 번의 중요한 기회가 찾아왔을 때 혹은 멀리서 보면 나와 연결 고리라고는 렌즈 끼고 안경 끼고 찾아봐도 없을 듯한 새로운 일이 내게 다가왔을 때에 일을 대하는 나의 이 태도가 마법을 발휘했다. 덕분에 다시 없을 좋은 기회를 붙잡아 발을 담그기도 하고 평생 만나기 어려울 것 같은 사람들과 연을 맺기도 했다.

내 개인적인 경험으로 미루어 볼 때 불안증을 앓는 사람은 대체로 섬세하다. 특히 발표 불안인은 다른 사람보다 외부 신호를 감지하는 안테나나 촉이 몇 개 더 가지고 있는 경우가 많다. 수신하는 정보가 많다 보니 과부하도 걸리고, 전달 과정에서 오류도 생기고, 과하게 해석도 하는 거라고 믿는다. 뜬금없는 도움 요청이 들어오거나 전혀 경험 없는 분야에 서성거릴 기회가 왔을 때 조금의 오지랖을 작동시켜 보자. 우리 발표 불안인들의 촉과 안테나에 오지랖을 더하면 뜻밖의 장소에서 재미있는 기회가 올 수도 있다.

홍당무는 이제 안녕

실수는
실수일 뿐

완벽주의자에 섬세하고 꼼꼼한 사람이 심리적 압박을 내려놓고 '실수 좀 하면 어때, 괜찮아'라고 다독이는 게 쉬운 일은 아니다. 그런데 실수 좀 하는 게 실수하지 않으려 애쓰다가 힘든 것보다는 훨씬 마음이 편하다.

같이 사는 친구의 어머니께서 몸에 좋다고 하루에 세 개씩 먹으라며 직접 만든 흑마늘을 택배로 보내주었다. 시큼한 맛이 낯설긴 했지만 감사한 마음에 잘 안 먹던 아침식사까지 든든하게 한 뒤 흑마늘 세 개를 먹고 집을 나섰다. 여느 날과 마찬가지로 라디오를 들으며 평화롭게 운전을 하는데, 영동대교에 막 진입을 했을 때 갑자기 배가 아팠다. 처음 몇 초는 찌르르하게 아프더니 명치부터 그 아래쪽으로 어마어마한 통증이 느껴졌다. 헉 소리가 나올 정도로 아파서 몸을 운전대 쪽으로 구부리고 숨을 깊게 쉬었다. 화장실에 가야 하는 상태였다. 사건이 터지기 일보 직전 같았다. 앞을 보니 다리 저 끝까지 차가 밀려 있었고 사고가 난 것 같지는 않은데 차들이 거의 멈춰 서있다시피 했다.

눈앞이 깜깜해졌다. 통증으로 몸에 힘이 잔뜩 들어가고 등에서 땀이 주르르 흘렀다. 아무 생각도 나지 않았다. 화장실에 가야 한다는 생각만으로 머릿속이 가득 찼다. 영동대교의 끝에서 끝까지 평소보다 두세 배는 시간이 더 걸렸던 것 같다. 다리를 건너자마자 길가에 차를 세우고 정장 차림에 굽 9센티미터 높이의 구두를 신은 채 화장실을 찾아 미친 사람처럼 뛰었다. 어찌어찌 화장실을 찾아 걱정했던 사고는 일어나지 않았다.

이날 이후 나는 영동대교 근처만 가도 배가 아팠다. 눈앞에 차가 밀려 있는 게 보이기만 해도 배가 찌르르 아프기 시작했다. 이때부터 나는 길이 막히는 시간에 버스나 택시를 탈 수가 없었다. 어느 역에나 화장실이 있는 지하철이나 급하면 내 의지대로 화장실로 직행이 가능한 '내 차'로만 이동할 수 있었다. 이른바 과민성 대장증후군이 생긴 거다. 지인에게 한의원 한 곳을 소개받아 근처에 갈 일이 있을 때 약속을 잡고 방문했다. 10분 정도 대기했다가 진료실에 들어가자 머리가 약간 희끗희끗한 50대 중후반의 한의사가 책상에 앉아 있었다. 간단히 질문 몇 가지를 주고받은 후 진료실 간이침대에 누웠다.

"자, 한 번 봅시다."

내 배 여기저기를 눌러보았고, 일어나 앉아 진맥도 했다.

"어디가 안 좋으세요?"
"심리적 불안감에 배가 아픈 거 같아요."

진료 중에 '흑마늘 참사'에 대해 말씀드렸다.

"그 후로 어떤 증상이 있나요?"
"화장실이 안 보이면 배가 아파요."

홍당무는 이제 안녕

"배가 어떻게 아프죠?"

"날카로운 통증이 느껴집니다."

"어느 부위가요?"

"여기요."

"또 어떤 증상이 있죠?"

"길이 막히면 배가 아픕니다. 화장실을 못 간다고 생각해서 그런 것 같아요."

"화장실이 안 보이면 주로 어떤 증상이 있나요?"

"땀이 나고 배가 아프고 눈앞이 하얘지면서 아무 생각이 안 나요."

"배가 아프고 불안한 증상이 어느 정도일까요? 숫자로 표현해 봅시다. 아무렇지도 않은 상태가 0, 극도로 고통스러운 게 10이면 화장실이 안 보였을 때 느껴지는 고통은 몇 점 정도인가요?"

"8 정도 됩니다."

"왜 고통스러운 걸까요?"

"화장실이 안 보여서요."

"화장실을 못 가게 되면 어떤 일이 생기죠?"

"옷에다 실수를 하게 되겠죠."

"에이, 그럼 좀 어때요?"

"네?"

"옷에 실례를 하면 고통스러운 정도가 몇 점 정도 될까요?"

"수치스럽긴 하겠지만 고통스럽지는 않겠죠."

"그렇다면 차라리 옷에 실수를 하는 게 더 나은 거 아닐까요?"

"네?"

"옷에 실수를 하는 것보다 실수를 하지 않기 위해 화장실을 찾아다니는 게 더 고통스럽다고 했잖아요."

"그렇죠."

"에이, 그럼 실수를 하는 게 더 나을 수도 있겠네요?"

"…."

틀린 말이 아니었다. 솔직히 다 큰 어른이 옷에 실수한다는 건 체면이 깎이는 부끄러운 일이다. 그런데 나는 이 한의사의 "에이, 그럼 좀 어때요?"라는 말에 머리를 한 방 맞은 듯했다. 실은 전혀 예상하지 못했다. "심각하네요, 그 정도면. 약을 먹어야 할 것 같아요. 그 상태로 두면 큰일 납니다. 우리 몸은 마음과 밀접하게 연결되어 있어서 심리적으로 불안하면 몸도 같이 스트레스를 받아요." 이런 얘기들을 듣게 될 거라 생각했다. 그런데 "에이, 그럼 좀 어때요?"라니.

실수했을 때 느낄 수치심보다 배가 아프고, 불안한 마음으로 화장실을 찾아다니는 게 훨씬 더 고통스러운 건 맞는 듯했다. 야단법석을 부리다 막상 화장실에 도착하면 아무 일도 없다. 그냥 화장실이 여기 있구나 하고 확인만 하고, 정작 화장실에서 아무 볼일도 보지 않았다. 나는 기계적으로 '길이 막힌다 ▸▸ 배가 아프다 ▸▸ 화장실에 가야 한다 ▸▸ 화장실이 근처에 없다 ▸▸ 불안하다' 순서로 자신을 괴롭히고 있던 거였다.

홍당무는 이제 안녕

발표 불안도 결이 비슷하다. '내 차례가 온다 ▸▸ 실수하고 싶지 않다 ▸▸ 긴장된다 ▸▸ 떨린다 ▸▸ 불안하다' 순으로 고통받고 있었는데 왜 실수하고 싶지 않은 건지, 실수를 하면 어떻게 되는 건지에 대해 깊이 생각해 본 적은 그리 많지 않다. 단순히 기계적으로 '발표를 해야 한다 ▸▸ 잘해야 한다 ▸▸ 긴장된다 ▸▸ 불안하다'를 느끼고는 힘들어했다.

그런데 좀 못하면 어떤가? 좀 떨면 어떤가? 발표 도중에 실수를 하면 그저 그뿐이다. 긴장을 하면 긴장하는 것이고. 떨려서 말을 제대로 못 하거나 횡설수설하거나 긴장감에 뭐라도 실수를 했다손 치더라도, 좀 민망하고 체면 좀 깎이는 것 말고는 딱히 뭔가 없다. 그런데 왜 그리 실수하지 않으려 안달복달하며 힘들어했던 걸까? 고통받고 있는 발표 불안인에게는 이런 태도가 필요하다.

- 잘하지 않아도 괜찮아.
- 실수 좀 하면 어떠니?
- 그럼 좀 어때?
- 어떻게 매번 잘할 수 있지?
- 그럴 때도 있는 거야.
- 어쩌라고.
- 오늘은 잘 안되는 날인가 보다.

나를 내려놓는다는 건 말처럼 생각처럼 쉽지는 않다. 실수하는 것을 싫어하고 꼼꼼하고 예민한 사람일수록 나 자신을 내려놓고 "잘하지 않아도 괜찮아"라고 사고의 방향을 바꾸는 건 정말이지 쉬운 일은 아니다. 그런데 무언가 잘하고 싶은 마음이 그득그득한 상태에서 불안한 마음에 내가 잠식되어 있으면, 될 일도 안 되고 안 될 일은 더 안 되게 마련이다. 실수를 하는 걸 싫어하는 나에게 긴장하고 초조해하는 건 아무런 도움이 안 되었다. 그래서 잘하고 싶은 일에도 실수하고 싶지 않은 일에도 의식적으로 잘하지 않아도 괜찮아, 그럼 좀 어때, 주문을 계속 외웠다.

말 자체가 가진 힘 때문이었을까? 주문을 자꾸 외우다 보니 깨달음이 왔다. 정말이구나. 그렇구나. 잘하지 않아도 되는구나. 긴장 좀 해도 되는구나. 그럼 좀 어때. 무언가로부터 자유로워지는 것 같은 기분이었다. 잘 해야 한다는 심리적인 압박이 심할 때는 마음을 살짝 내려놓고 주문을 외워보자. 별것 아닌 듯한 말 몇 마디에 마음이 한결 편안해짐을 느낄 수 있다.

홍당무는 이제 안녕

우리는
모두 다르다

내가 어떤 상태인지를 아는 것보다 내 있는 그대로의 상태를 '받아들이는 것'이 때로는 더 중요하다.

부모님, 오빠네 가족과 여름휴가를 갔을 때의 일이다. 새언니_{오빠가 결}혼한 지 15년이 넘어도 나는 아직도 이 호칭이 어색하고 이상하다. 새언니라니. 결혼 전 나를 언니라고 부르던 이가 결혼 후 언니가 되었다와 펜션 거실에 앉아서 이야기를 나누던 중에 새언니가 요즘 뱃살이 조금씩 생기고 있다고 했다. 머리부터 발끝까지 참 예쁘게도 생긴 새언니는, 한동안 운동을 못했다며 이제 슬슬 신경을 좀 써야겠다고 했다.

"요즘도 운동 꾸준히 해요?"
"못할 때도 있는데 시간 나면 챙겨서 하는 편이에요."
"코어 근육 만들기에 좋은 운동 뭐가 있을까요? 집에서 간단히 할 수 있는 거로요."

그 당시 한창 플랭크_{plank, '엎드려뻗쳐'처럼 몸을 평평하게 만든 후 팔과 다리로만 버티는 동작} 자세를 하면서 시간 늘리기에 재미를 붙이고 있을 때였다.

"이 자세가 뱃살 빠지는 데 도움 되는지는 모르겠는데 허리와 등 근

육 강화하는 데 좋대요. 무리해서 하면 허리가 아플 수 있으니 준비
운동 충분히 하고 15초 정도부터 시작해서 조금씩 시간 늘려보세요."

"이렇게요?"

"네, 맞아요. 그런데 이 자세가 잘못하면 허리에 부담을 줄 수 있대
요."

새언니는 플랭크를 배를 깔고 엎드리며 쉬는 자세 마냥 편하게 쓱
했다.

"엄청나게 힘든 동작이고 처음이니까 15초만⋯."

"이게 어려운 동작이에요? 잘못했나? 몸에 별 느낌이 없어요."

새언니는 난생처음 해보는 플랭크 자세를 몇 년은 한 사람처럼 편
하게 했다. 허리를 다칠 수도 있다는 내 염려가 무색하게 몇 분을 그
러고 있었다.

사람마다 타고난 근육은 모양도 질감도 크기도 쓰임새도 다 다르
다. 팔을 들어 올리는 간단한 동작도 어떤 사람은 어깨의 삼각근을 쓰
기도 하고 또 어떤 사람은 승모근을 또 어떤 이는 팔에 있는 이두근을
쓴다. 조금만 운동해도 근육이 팍팍 붙는 사람이 있는가 하면 운동을
열심히 해도 근육이 잘 안 생기는 사람도 있다.

발표도 마찬가지다. 한 번의 깨달음으로 불안 증세가 싹 사라지는

홍당무는 이제 안녕

사람, 발표가 편해지기까지 시간이 오래 걸리지만 좋아지고 난 후 불안증이 다시 안 생기는 사람, 좋아졌다가 나빠지기를 반복하는 사람, 빨리 괜찮아지는 사람, 천천히 좋아지는 사람 등 발표 근육도 사람마다 참 다르다. 그래서 정답이 없다. 절대적으로 좋은 방법도 없다. 중요한 건 내 근육 상태를 파악하고 거기에 맞는 운동을 하는 거다. 내 상태를 이해하는 것보다 더 중요한 건 그걸 받아들이는 것이다.

불안증이 좋아졌다가 다시 불편해지기 시작한다면? '나는 느리구나', '시간이 조금 더 걸리는구나', '연습을 조금 더 해야 하나 봐' 하는 마음의 준비가 필요하다. '왜 이러지?', '왜 다시 안 좋아지지?'라며 다른 사람과 비교하고 자꾸 조바심을 내고 연거푸 좌절하는 건 아무 도움이 안 된다. 분명히 괜찮아졌는데 다시 폭발적인 긴장감이 밀려오는 건, 그럴 수 있다. 전혀 이상하거나 실망할 일이 아니다. 숨 한 번 훅 내쉬고 하늘 한 번 올려다보고, '내 발표 근육은 천천히 회복하는 편이구나' 생각하고 받아들이는 걸 추천하고 싶다.

고양이가 누른
결제 버튼

늘 진지하지 않아도 된다. 말의 앞뒤가 늘 논리적이어야 하는 건 아니다.
내 마음이 편해진다면 조금 우스워지는 것도 괜찮다.

위장에 탈이 났을 때는 좋은 음식을 아무리 먹어도 소화도, 흡수도 잘 안된다. 탈이 났을 때는 진정시키는 게 급선무다. 발표를 망치고 혹은 발표 부담증으로 마음이 너덜너덜해져 있을 때 그 어떤 좋은 말도 수업도 비법도 무용지물이다. 우선, 마음을 가라앉혀야 한다. 여러 방법이 있겠지만 내가 추천하고 싶은 방법은 '남의 탓'을 해보는 거다. 조금 우스꽝스럽게. 절대 진지하지 않게. 어느 강의에서 이런 얘기를 들은 기억이 있다.

"예전 사람들은 모든 걸 신에게 던져 버렸다고 해요. 사업이 잘 안 됐다, 재물의 신이 나를 비호해 주지 않는구나. 연애에 실패했다, 사랑의 신이시여 내게 자비를 좀 더 베푸소서. 공부를 잘하지 못한다, 지혜의 신은 왜 나를 보살펴 주지 않는 겁니까?"

오호라. 이거 괜찮네. 전지전능의 신에게 내 불행과 실패의 탓을 돌리는 거. 후회와 반성을 하기 전에, 제정신이 들기 전에 우선 신을 원망하고 탓해보는 거. 참 마음에 쏙 든다.

"스피커를 하나 새로 바꾸고 싶었는데 가격대가 너무 높아서 고민 중이었어요. 다음에 사야지 하고 있는데, 아차차 우리집 고양이가 결제 버튼을 눌러버린 거 있죠."

한 온라인 커뮤니티에 이런 글이 올라온 걸 봤다. 내 취향 저격이다. 고양이가 글쎄 결제 버튼을 눌러 버렸단다. 어이쿠. 그럼 방법이 없잖아? 고민 그만두고 그냥 사야지. 고양이가 그리 해버렸는데 이걸 어쩌.

발표를 망쳤다. 오늘 발표에서도 나는 어김없이 긴장해서 하고 싶은 말을 제대로 못 하고 덜덜 떨다 끝냈다. 내 모습이 너무 형편없어 보여서 마음이 안 좋다. 스스로 실망해서 슬프다. 이런 날 "나는 왜 그랬을까" 만큼 힘 빠지고 답이 없는 질문이 있을까. 나마저도 이해 못 하는 내 행동을 어느 누가 알고 이해할 수 있을까. 감정이 가라앉고 난 후라면 반성 비슷한 걸 해보면서 원인을 분석해 보는 것도 나쁘지 않다. 그런데 지금 당장은 탈이 나 있는 상태이니 진정시키고 다독이는 게 더 중요하다. 그럴 때는 그냥 고양이 탓을 해버리자.

"나는 잘해보려고 했는데… 고양이가 내게 긴장감을 줬네."
"나는 떨고 싶지 않았는데 이럴 수가, 내가 자는 사이 고양이가 마법을 걸었나 봐."
"나는 준비를 열심히 했는데 말이야, 고양이가 내 머릿속을 지웠어.

홍당무는 이제 안녕

도저히 생각이 안 나."

이런 게 효과가 있겠냐고? 있다. 희한하게도 있다. 난데없이 고양이 탓을? 믿어보시라. 효과가 정말 있다. 이런 우스꽝스러운 남 탓은 내가 스스로 실망해 좌절하고 있을 때, 이때다 싶어 서둘러 딱 생겨 있는 내 안의 비관적인 목소리를 잠재우며 어두운 감정에 과몰입하지 않도록 한다. 고양이 때문이라니. 오늘 망친 내 발표가 고양이 때문이라니, 픽 웃음이 나오면서 감정의 나락으로 떨어지려는 순간, 하강을 멈춘다. 어쩌라고, 에라 모르겠다와 결이 비슷한 주문이지만 다르다. 픕, 피식하고 웃음이 나오는 게 중요하다.

부정적인 생각들은 제곱 수로 불어난다. 우울한 감정이 생기면 이상한 본능이 발현되어 발이 닿을 때까지 끝없이 아래로 자신을 끌고 내려간다. 이런 감정 상태에서 되도록 빨리 벗어나려면 '한 걸음 물러나기'가 필요하다. 내가 주인공이 되어 있으면 주변이 안 보인다. 주인공 자리에 아바타를 세워두고 얼른 관객 자리로 뛰어나가 의자에 편하게 앉아서 내 아바타를 구경하는 게 중요하다. 어둡고 절망적인 감정을 분리하는 가장 좋은 방법은 '웃음'이다. 실성한 웃음 말고 "픽", "픕" 웃음 또는 실소가 요긴하다. 어처구니가 없어서 나도 모르게 툭 터져 나오는 웃음. 이 웃음을 우리의 고양이가 안겨줄 수 있다.

우리의 이 고양이는 발표를 망친 마음에만 해당하는 것이 아니다. 일상에서 마주하게 되는 험한 감정들, 착하지 않은 기분들, 아름답지 않은 마음, 염세적인 생각들이 나를 지배할 때 얼른 고양이 탓을 해버리면서 실소를 끌어내자. 고양이를 몇 번 써먹어서 내성이 조금 생길 무렵이면 사람 모자라 보이는 의인화도 가능하다.

"'우울이'가 또 찾아왔나?"
"'불안이'가 또 놀러 왔구먼. 얘, 너 좀 그만 너희 집에 가라."
"'실망이' 오랜만이다. 요즘 통 안 보이더니, 잘 지냈니?"

늘 진지할 필요는 없다. 항상 이성적일 이유도 없다. 언제나 앞뒤 논리구조가 맞는 생각을 해야 하는 것도 아니다. 마음을 진정시켜야 할 때는 스스로 조금 우스워지자. 그리고 고양이 탓을 꼭 해보자. 민망한 의인화도 부록으로 함께.

좋아하는 일을
하고 있나요?

도전, 좋은 인연 그리고 지금 아니면 할 수 없는 일.

살면서 엉뚱한 일을 꽤 벌였다. 콜롬비아에서 석탄 장사도 했고, 태국에서 공연 기획도 하고, 멕시코에서 성우도 해봤다. 그 무모한 일 중 으뜸은 스페인 가방 브랜드 론칭이 아닐까 싶다. 패션 관련 일을 제대로 해본 적 없었던 내가 무슨 배짱으로 한국도 아니고 스페인에서 가방 브랜드를 시작했는지, 신기할 정도로 터무니없긴 하다. 내가 저지른 오만 가지 별난 일들이 그랬던 것처럼, 많은 비용과 시간을 쏟아부은 가방 브랜드 사업 역시 시작은 그저 작은 프로젝트 하나가 시작이었다.

스페인에서 대학원을 다닐 때였다. 대학원 3학기가 되던 해에 전략경영strategic management 과목을 들었다. LVMHMoët Hennessy Louis Vuitton S.E., 루이뷔통, 모엣샹동, 헤네시 임원 출신인 교수님의 수업으로, 기업이 성과를 극대화하기 위해 내외부 환경을 분석하여 합당한 전략을 수립하고 실행, 평가하는 과정에 대해 다루었다. 이 수업의 개인 과제 중에 가상으로 회사를 하나 만들어 주력 아이템을 징하고 그와 관련된 환경을 분석한 후 전략을 수립하는 게 있었는데, 나는 주제를 가방으로 잡고는 과제를 시작했다.

가방을 주력 아이템으로 정한 데에 특별한 계기가 있는 건 아니었다. 가방을 좋아하는 편이라는 것과 과제가 주어지기 며칠 전 이탈리아인 동기와의 저녁 자리에서 부모님이 운영하시는 테너리Tannery, 가죽염색 공장에 대한 이야기를 흥미롭게 들었다는 정도였다. 막상 시작해 보니 가죽을 만드는 것에서부터 가방을 제작해 브랜딩 후 판매까지 이어지는 이 모든 과정이 아주 매력적이었다.

과제 발표하는 날, 교수님이 현직 LVMH 임원 한 명을 수업에 초대했다. 예정에 없던 일이었다. 하필이면 가방 만드는 집안의 막내아들이라고 스스로를 소개한 그는 내 과제 발표가 끝나자마자 폭풍 질문을 던졌고 수업이 끝난 후 교수님과 함께 티타임까지 가지며 질문을 이어 나갔다. 그러고는 이 과제를 실제로 한번 해보는 게 어떻겠냐는 제안을 하며 지인을 소개해 주고 싶다고 했다.

추진력이 대단했던 두 분 덕분에 얼마 지나지 않아 자리가 마련되었다. 이때까지도 솔직히, 이 과제를 실제로 해봐야겠다고 진지하게 생각한 건 아니었다. 그저 단순한 호기심이었다. 과제를 좋게 봐준 두 분이 고마웠고 동문 중에 가방 브랜드 종사자가 있다며 "만나서 얘기 나눠봐" 정도여서 큰 부담 없이 소개 자리에 나갔다. 물론 나는 그 자리가 내 인생을 다시 한번 전혀 예상치 못한 방향으로 틀게 될 것이라곤 전혀 눈치채지 못했다.

우리는 처음 만난 자리에서 아주 오랫동안 이야기를 나누었다. 시

　　　　　　　　　　　　　　　　홍당무는 이제 안녕

간 가는 줄 모르고 허기가 지는 줄도 모르고 대화에 집중했다. 가방 업계에 대해서는 과제를 위한 얕은 시장 조사 정도가 전부였던 내게 동문 선배님의 이야기는 신세계였다. 세상에나, 1892년 스페인 세비야에서 시작한 가죽 제품 브랜드를 100년 넘게 대를 이어 운영한 스토리를 브랜드 대표이사에게서 직접 듣다니. 로마 시대 때부터 가방을 만들어 온 안달루시아 지역의 작은 마을 이야기는 영화처럼 눈앞에 그려지는 듯했다. 가방이 어떻게 만들어지는지, 브랜드는 어떻게 운영되는지, 스페인 전국에 50개 매장을 연 과정, 일본 시장에 진출하면서 일어난 일 등에 대해서도 아주 자세히 들을 수 있었다. 오랜 역사와 전통에 관한, 낯설지만 설렘을 주는 수많은 이야기. 20년 동안 한 브랜드의 대표이사로 가업을 이어온 선배님보다 스페인의 가방에 대해 잘 아는 사람이 또 있을까 싶었다.

몇 대를 이어온 브랜드 운영 노하우, 수십 년을 넘게 쌓아온 원부자재 업체와 공방과의 관계 등 그날의 이야기는 굉장한 자산이었다. 아주 바쁜 분이었지만 도중에 중단된 아시아 시장 진출에 대한 아쉬움, 내 과제에 대한 교수님과 그 임원의 호평이 두 분과 선배님은 15년 넘게 신뢰 관계가 두터운, 아주 가까운 지인이었다, 새로운 브랜드에 대한 열망이 어느 정도 있었던 묘한 타이밍, 동양 문화에 대한 선배님의 우호적인 태도가 버무려져서 운 좋게도 몇 달 동안 여러 차례 미팅을 이어갈 수 있었다.

어느 날, 결심이 섰다. 전혀 모르는 분야이긴 하지만 도전하고 싶었다. 놓치고 싶지 않은 연이라는 생각도 들었다. 지금 아니면 할 수 없는 일이었다. 선배님이 단칼에 거절하면 어떡하나 걱정이 조금 되긴 했지만 내 무모함이 긍정적으로 빛을 발하더니 "저와 같이 새로운 브랜드 하나 만들어 보시겠습니까?"라는 말을 덜컥 내뱉었다. 지금 생각해 봐도 맹랑한 제안이긴 하다. 동시에, 기회비용이 제법 큰 발언이기도 했다.

입학 후 두어 달 지날 무렵, 학교에서 재학생 모두에게 'MBA 졸업 예정자' 직함으로 학교 로고가 들어간 면접용 명함을 만들어 주었다. 취업 면접이 생각보다 빨리 시작됐다. 각 분야 대형 글로벌 기업, 국제기구 등에서 학교로 채용 설명회를 왔다. 몇 회사들은 학교에서 마련한 부스에서 바로 면접을 보기도 했다. 한국의 대기업 인사 담당자도 학교를 방문해 열 명이 채 되지 않는 한국 학생을 대상으로 회사를 소개하고 함께 저녁식사를 하면서 채용 절차와 여러 혜택에 관해 설명했다.

내가 다닌 학교의 입학 요건 중 하나가 '최소 6년 이상의 직장 경력'이다. 그래서 특별 전형이 있긴 하지만 대부분의 학생들이 경력 단절을 감당해야 하기에 기회비용이 꽤 큰 편이라 졸업 후 입사할 회사 선택 시 연봉이 주요 조건에 들어간다. 그래서 졸업 후 바로 창업을 한다는 건 여러 암묵적, 명시적 비용이 발생한다. 입사 가능한 회사들의 인지도와 연봉, 각종 혜택이 탐나긴 했다. 그렇지만 나 스스로에게 던진 "지금 아니면 할 수 없는 일이 과연 무엇일까?"라는 질문에, 창업으로 방향을 정했다. 나는 이렇게 가방쟁이가 되었다.

홍당무는 이제 안녕

치열하게 고민하고 결정을 내린 후 뒷감당은 그저 담담히 했다. 덜컥 일을 벌이고 나서 처음 몇 년은 감당해야 할 일이 참 많았다. 새로운 일에 손을 대는 건 도사급이 되었다고 생각했었는데 오산이었다. 평생을 가방만 만든 스페인 장인들과 함께 일하는 건 지금까지 해왔던 것과는 또 다른 세상이었다. 단순히 언어와 문화를 어느 정도 이해한다고 가능한 일이 아니었다. 게다가 원부자재 주문에서부터 디자인, 생산, 검수, 물류, 통관, 브랜딩, 마케팅, 영업, 운영, 관리 등 파악해야 하는 업무가 너무나 광범위하고 다양하기도 했다. 전혀 예상 못 했던 일 틈에 파묻혀서 이리 부딪히고 저리 부딪히는 사이에 일의 뼈가 굵어지고 근육이 불어나며 단단해지는 걸 느꼈다. 몇 년 지나고 난 뒤 숨을 고르며 뒤를 돌아보니 '도전', '인연', '지금 아니면 할 수 없는 일' 이 세 가지만큼 나를 성장시키고 내 삶을 의미 있게 만들어 주는 것도 없는 듯했다. 가방쟁이가 되겠다는 결정을 하고 난 후 내 인생은 현재까지도 이 세 가지로 채워지고 있다.

가방쟁이로 살면서 내 삶이 크게 바뀐 것 한 가지는 발표 불안을 극복해야겠다는 의지의 정점을 찍었다는 점이다. 발표라는 단어만 들어도 늘 도망만 다니던 나였는데 이건 뭐 어디 피해 숨을 곳이 없었다. 큰 기회비용을 감당하고 여러 사람을 끌어들여 시작한 일인 만큼 어영부영할 수 없었다. 도전으로 일을 벌였으니 그 참에 발표 불안에도 도전해 보고 싶긴 했다. 물론, 발표 불안이 "극복 도전"을 외친다고 해서 말처럼 쉽게 시작할 수 있는 건 아니다. 몇 년이 걸리긴 했지만 지금이 아니면 앞으로 절대 시도할 수 없을 것 같은 마음에 발표 두레, 스피치학원, 발표 모임에 도전했고, 시행착오를 몇 년 겪는 과정에서 좋은 인연을 만나 결국 불안증에서 탈출했다.

　돌이켜 보니 가장 중요한 건 그냥 시작하는 행동과 실천이었다. 도전도, 좋은 인연도, 지금 아니면 할 수 없는 일이라는 것도 그냥 시작해 버리면 되는 것이었다. 고민은 최소한으로 짧게, 그렇지만 치열하게 맹렬히. 그런 후 무엇이든 일단 시작하는 게 중요하다는 걸 깨달았다. 발표 불안에서 벗어나고 싶다는 생각이 든다면 그냥 일단 저지르고 보자, 그게 무엇이든. 스피치 학원이든 모임이든.

걱정 마,
우리는 결국 다 이겨내

발표 전 긴장할 때의 내 상태와 오락실에서 게임에 집중할 때의 내 상태는 본질적으로 결이 같다. 같은 종류의 긴장감임에도 하나는 힘들고 고통스러운데 다른 하나는 즐겁다.

나는 오락실을 좋아한다. 건대입구역 먹자골목 한가운데에 있는 오락실, 여기가 단골이다. 한 번 들어가면 한 시간에서 한 시간 반 정도 외부 세상과 온전히 분리되어서는 무아지경친구들의 눈에는 가끔 이렇게 보인단다에 빠져서 신나게 논다. 오락실 한 바퀴 돌며 놀고 나면 스트레스도 풀리고 몸도 개운해지고 머리도 맑아진다. 내 주 종목은 농구 게임이다. 다른 게임도 종종 하지만 농구 게임을 특히나 좋아한다. 게다가 나는 자타가 인정하는 오락실 농구 게임의 숨은 고수다. 잘하게 생긴 티가 1그램도 안 난다고 붙여진 별명이다.

골대에 대여섯 개의 농구공을 하나씩 던져 정해진 시간 내 일정 점수 이상을 획득하면 보너스로 한 판씩을 더 할 수 있는 방식의 게임으로 최대 다섯 판까지 할 수 있다. 골대에 공이 걸리면 감점, 걸리지 않고 들어가면 추가점, 연속으로 공이 들어가면 보너스 점수를 준다. 나는 큰 변수가 없는 한 다섯 판까지 살아남는 편이다. 몸과 마음의 상태가 좋은 날에는 가끔 왼편 상단의 최고 기록을 경신하기도 한다.

이 농구 게임은 공의 무게 파악과 무릎 반동 조절이 핵심인데, 마치 《슬램덩크》의 강백호나 서태웅이라도 된 것처럼 자신감 있게 공을 날리면 된다. 내가 이 얘기를 하면 농구를 잘하는 친구들은 보통 "풉" 하고 웃는다. 무슨 말도 안 되는 소리냐고. 웃기긴 하다. 오락실에서 농구 게임을 하면서 핵심 운운한다는 게. 그렇지만 게임에 임하는 내 자세는 사뭇 진지하다.

대부분 오락실 농구 게임에는 다섯 개 정도의 공이 있다. 그런데 이 공이 무게가 각기 다를 때가 많다. 어떤 공은 바람이 빵빵하게 들어가 있고 어떤 공은 조금 흐물거린다. 어떤 공은 좀 묵직하고 어떤 공은 상대적으로 가볍다. 게임이 시작되면 우선 가볍게 공을 던지면서 공 전체의 무게에 대한 감을 재빠르게 익혀야 한다. 이만큼이 중간 정도겠다 싶은 무게에 대한 감을 잡아서 힘 조절을 해야 하기 때문이다. 무거운 공을 던지고 난 다음 바로 가벼운 공을 던지면 힘 조절이 안되어서 일정하게 공을 던지기가 어렵다.

무릎 반동도 중요하다. 어깨로 손목 스냅으로 공 무게에 맞춰서 일정하게 힘을 주는 건 여간해서는 쉽지 않다. 그런데 어깨와 손목 힘을 빼고 무릎을 약간 굽혔다가 펴면서 반동을 주는 동작은 힘 조절이 상대적으로 쉽다. 무릎을 위아래로 움직이면서 그 반동으로 공을 던질 때 무릎을 굽히는 각도를 매번 비슷하게 고정할 수 있어서 일정한 반동 동작을 반복할 수 있다. 그 때문에 공의 무게를 얼른 파악해서 무릎 반동으로 일정하게 공을 던지면 골인할 확률이 높아진다.

오락실 농구 게임을 이리 진지하게 얘기하니 조금 우습기는 하다. 그렇다고 내가 유튜브에서 가끔 보이는, 양손으로 마구마구 골을 넣

홍당무는 이제 안녕

는 달인 레벨은 아니다. 나는 그냥 높은 숏 성공률에 조금 빠른 손으로 고득점을 따는 정도다.

내가 이 농구 게임을 좋아하는 이유는 '시간제한' 때문이다. 정해진 시간 내에 공을 하나라도 더 성공시키기 위해 초집중을 해야 한다. 60초 게임 중 10초가 남으면 경쾌한 남자 목소리가 카운트다운을 시작한다. 시간이 얼마 남지 않았다는 걸 알게 되면 심장이 콩닥콩닥 두근거리는 게 그렇게나 재미있다. 어쩌다가 1초 남겨두고 보너스 판을 가기 위해 1점이 모자란 상황에서 클린 숏을 성공하게 되면 환호성을 지를 정도로 신난다. 나는 이 시간제한 앞의 긴장감을 아주 좋아한다.

얼굴이 붉어지고 심장이 쿵쿵 뛰고 땀이 나고 머리가 하얘지는 이 긴장감. 어디서 많이 들어보던 표현이다. 바로 발표 시작 전 내 증상과 일치한다. 발표를 앞두고 어쩔 줄 몰라 하며 불안에 떨면서 괴로움을 느끼는, 그 긴장감과 환호성을 지르며 신나서 어쩔 줄 모르는 오락실에서의 시간제한 앞 긴장감은 발표 불안과 본질적으로 결이 같다. 같은 긴장감인데 하나는 고통스럽고 하나는 너무 즐겁고.

나는 자주 "발표 불안은 극복 가능하다"고 강력하게 얘기하곤 한다. 발표 불안에 시달리고 있다는 것은 일종의 공포증이나 정서장애라 나름의 '다독임'과 '다스림', '처방'이 필요한 상태다. 발표 불안을 만들어 내는 비합리적인 믿음 중에 평생 이러고 살아야 할 것 같은 두려움이 있다. 비합리적인 생각은 내가 무언가를 해볼 만한 동기나 용기를 낼 여지를 주지 않는다. 그래서 더 이상 피하지 않고 맞서 보겠다 생각했을 때 그 시작점에서는 극복할 수 있는 대상으로 보는 것이 중요하다고 생각한다. 그래서 나는 발표 불안에서 벗어나기 위한 첫 단계로 늘 "발표 불안과 무대 울렁증, 극복 가능합니다"라고 한다. 그렇지만 근본적으로 불안이나 긴장은 극복해야 할 대상이 아니다.

우리 뇌에 있는 편도체는 감정을 조절하고 동기와 기억, 주의, 학습과 관련된 정보를 처리한다. 신체의 여러 감각 기관에서 공포나 불안, 긴장을 일으킬 만한 상황이 감지되면 편도체에서 흥분성 신경 물질이 분비되어 교감 신경계를 긴장시키면서 심장 박동과 호흡이 빨라지고 근육이 수축하는 등의 자율 신경계가 반응하게 된다. 이는 위험한 상황에 대처하기 위해 싸움을 시작하거나 도망을 치는 등의 행위를 하기 위한 기본적인 생체 반응이다.

오락실에서 신나서 긴장할 때도 발표 시작 전 불안에 떨 때도 비슷한 신경 물질이 분비된다. 전자의 긴장감은 정해진 시간 안에 공을 잘 던지기 위해 근육을 바짝 긴장시키고 집중력을 높이기 위한 긴장이다. 후자는 비합리적인 신념으로 인해 공포감을 느껴 혹시 모를 위험에 대비해 언제든 싸우거나 도망을 쳐야 하는 상태로 몸과 마음이 준비하면서 생기는 긴장이다. 둘은 결국 같은 긴장감이다. 고로 이 긴장감이라는 것은 극복할 대상이 아니라 당연한 생체 반응이다. 발표하기 전 내가 느끼는 그 극도의 두려움은 앞서 얘기한 것과 같이 내가 만들어 낸 비합리적인 믿음과 생각 때문이다. '나 스스로 만들어 내는 공포감'이다. 우리 같은 '발표 불안러'들은 결국 자신이 만든 고통에

홍당무는 이제 안녕

시달리고 있었다는 말이다.

이 사실을 받아들이는 것은 쉽지 않다. 오랫동안 내 머릿속에 찰싹 붙어 있었던 믿음을 바꾼다는 것은 보통 일이 아니다. 그래서 나는 이론에 먼저 접근해서 나 자신을 설득하는 데 공을 들였다. 여러 이론 중 내게 가장 깊은 울림을 준 것이 앞에서 언급한 '행동주의 심리학의 조작적 조건 형성'이다. 어려운 설명들, 실험들, 예시들이 많지만, 핵심은 이것이었다. 내가 능동적으로 상황을 통제할 수 있다는 것.

"내가 통제할 수 있구나."

내 변화는 여기서 시작되었다. 내가 당연시하며 지니고 있었던 여러 믿음이 실은 아주 왜곡되어 있었다는 걸 인지하고 받아들일 수 있었던 것도 '내가 통제할 수 있다'라는 생각에서부터였다.

우리가 발표하기 전 혹은 발표하면서 느끼는 긴장감은 기분 좋게 흥분되는 상황에서 느끼는 긴장감과 같다. 단지 받아들이는 내 마음이, 내 판단이, 내 생각이 다를 뿐이다. 마음이 약해 빠져서 떨리는 게 아니라 그냥 당연한 내 신체 반응이다. 얼굴이 붉어지는 걸 가라앉히고 심장 박동이 빨라지는 걸 진정시키고자 하는 마음은 '땀아 나지 마라, 위야 소화를 멈춰라'라고 하는 것과 같은 것이다. 결국 문제는 '긴장하는 상태'가 아니라 '긴장을 불편하게 받아들이고 통제하려고 하는 나'다. 그래서 해결책이 간단하다. 긴장하는 나를 당연하고 자연스럽게 받아들이고 통제하기를 멈추고 받아들이면 된다.

해결책을 자기 몸에 장착하는 속도와 방법은 사람마다 다르다. 어떤 사람은 금연 결심 후 단번에 담배를 멀리하고 어떤 이는 술을 줄이려고 하면서도 그 준비 시간이 오래 걸리기도 한다. 그렇지만 '극복이 가능하다'라고 믿고 꾸준히 노력하는 게 중요하다. 그러다 보면 정말이지 놀랍도록 좋아진다. 나에게 맞는 방법 찾기는 각자의 몫이다. 이런저런 시도를 계속해 보면서 스스로 가장 잘 맞는 방법을 찾아보자.

자취를 감춘
신데렐라

발표 불안이 사라진 내 인생은 질적으로 달라졌다. 나는 더 이상 발표 자리
가 두렵지 않다.

퇴사 후 유학을 간 전 직장 동료가 이런 말을 한 적이 있다.

 "회사에 다닐 때는 '나는 뭐 회사 다니는 게 그리 나쁘지 않아. 할 만한 거 같아. 스트레스가 없지는 않은데 이 정도는 누구나 다 겪는 거잖아'라고 생각했어. 그런데 몸 여기저기가 아프더라고. 너무 아파서 견디기 어려운 날이면 병원에 갔는데, 갈 때마다 딱히 아픈 데는 없대. 이상하긴 했지만, 아픈 곳이 없다니 그런가 보다 했지. 그런데 회사를 그만둔 지 1년 정도 지나니까 알게 되더라. '아, 나는 직장 생활이 엄청 힘들었구나'라고. 벗어나기 전에는 몰랐어. 그런데 그 자리를 떠나서 내가 하고 싶은 걸 하면서 살아보니까 당시에 내가 얼마나 스트레스를 많이 받았는지, 직장 생활이 얼마나 버거웠는지 알겠더라고."

 나 역시 마찬가지다. 발표 불안에서 탈출하고 나서야 비로소 느꼈다. 내가 얼마나 힘들고 괴로웠는지. 사실 스트레스나 불안은 비교 대상이나 판단 척도가 딱히 없다. 혈압처럼 기계로 측정해서 수치를 정확하게 알 수 있는 것도 아니고, 피가 나거나 눈으로 보이는 상처가 있는 것도 아니다. 그래서 내가 '선을 넘은 상태', '빨간 불이 들어와 있는 상태'인지 아닌지 알기가 어렵다. 그래서 스트레스를 받고 힘들 때마다 나 역시 '그런가 보다' 했다. 성격 탓이려니, 누구나 이 정도의 불안 증상은 있으려니 했다. 그런데 불안증을 더 이상 느끼지 않게 되고 1년가량 지나서야 알게 되었다. '아, 정말 힘들었구나.'

발표 불안에서 벗어난 후 내 인생은 질적으로 차원이 달라졌다. 발표를 앞두고 마음을 졸이며 잠 못 이뤘던 시간과는 안녕을 고했다. 아무리 중요한 발표 자리가 있어도 예전처럼 전전긍긍하며 걱정하는 대신, 발표 내용 준비에 더 집중하게 되었다. 세상을 보는 눈, 다른 사람을 대하는 마음가짐에 전에 없던 여유가 생겼다. 가벼운 두통과 소화불량을 달고 살았는데 그마저 없어졌다. 물론 이 모든 게 단순히 발표 불안에서 탈출해서라기보다는 내 마음을 살펴보고 내 감정을 헤아려보는 과정에서 나에게 '편안한 마음'을 안겨주는 게 얼마나 중요한 일인지를 깨닫고 어떤 순간이나 상황에서도 마음 편한 걸 우선순위로 두었기 때문일 수도 있다. 이유야 무엇이 되었든 발표를 고통스럽게 받아들이지 않으면서 삶의 질이 좋아진 건 사실이다.

작년 여름에 한강 세빛섬에서 열린 파티에 참석했다. 각각 다른 리그 소속의 유럽 축구 두 팀이 한국에서 친선 경기를 치렀는데, 내한한 한국의 파트너와 관계자를 위해, 한 리그 측에서 주최한 파티였다. 파티 중간에 별도로 마련된 장소에서 리그 임원진과 미팅이 있었다. 나는 리그와 한국 회사 사이에 진행 중인 IT 개발 프로젝트에서 양사의

홍당무는 이제 안녕

의견 조율과 조건 협상 역할을 맡고 있었고, 그 미팅은 리그 임원진과의 첫 대면 자리였다. 세계 3대 축구 리그의 회장, 대표이사, 아시아 총괄 임원, 한국 주재원이 참석하는 미팅이었다. 원래 그 미팅을 주도할 예정이었던 에이전시 담당자는 갑작스런 교통사고로 참석하지 못하고, '발표 과제'는 내 차지가 되었다.

예전의 나였으면 그 자리에 안 나갔을지도 모른다. 발표 불안인이었을 때의 나는 갖은 핑곗거리를 만들어 내기의 고수라 별의별 창의적인 방법으로 발표 자리를 피해 다녔다. 자유인이 된 지금의 나는 그 고수 자리를 허공에 양보했다. 12시 땡, 하면 유리구두를 신고 열심히 도망가던 신데렐라는 자취를 감추었다. 어렵고 귀한 자리라 긴장하고 떨리긴 했지만, 그렇게 괴롭고 불편하고 고통스럽지 않았다. 오히려 미팅 날이 기다려졌다. 실제로 만나면 어떨지, 어떤 사람들인지 궁금했다. 불안해하고 걱정하는 대신 착석 후 서먹서먹하고 어색할 분위기를 어떤 식으로 깨뜨릴지, 자리 배치는 어떻게 하면 좋을지, 선물은 어떤 걸 준비하고 포장은 어떻게 할지, 예상치 못한 질문이나 상황이 생겼을 때 어떻게 할지에 대해 고민하고 준비했다.

미팅은 순조롭게 잘 마무리되었다. 돌발 상황도 딱히 없었고 생각했던 것보다 더 매끄럽게 진행되었다. 굽이 높은 구두를 너무 오래 신고 있어서 종아리가 아팠다는 걸 빼고는 괜찮은 시간이었다. 미팅이 끝나고 집으로 돌아오는 길에 문득 '아, 이제 이런 자리가 더 이상 힘들지 않구나'라는 생각이 들면서 '행복하다'는 감정이 잔잔히 온몸으로 퍼지는 듯한 기분이 느껴졌다.

발표 불안과 작별을 고하면 인생을 대하는 태도가 적잖게 달라진다. 타인을 대하는 마음가짐도 변한다. 전에 없던 '여유로움'이 생긴다. 삶이 훨씬 더 행복해진다.

발표 불안인에게
유리한 협상의 기술

인간에 대한 이해는 협상에서 경쟁력을 높인다. 사람을 이해하기 위한 가
장 유용한 교재는 바로 자기 자신이다.

협상協商은 어떤 목적에 부합되는 결정을 하기 위하여 여럿이 서로 의논한다는 사전적 의미를 지닌다. 즉 이해관계가 다른 둘 이상의 사람이 만족스러운 합의에 도달하기 위해 협력하고 설득하는 화법을 말한다. 이 협상이라는 게 생각하는 것처럼 거창한 게 아니다. 우리 일상에서도 협상은 자주 이루어진다. 친구와의 저녁 자리에서 먹고 싶은 메뉴가 서로 달라 합의가 필요할 때, 가족 여행을 갈 때 여행지를 어디로 할지, 오랜만에 친구 여럿과 한 자리에서 모일 때 시간과 장소를 어떻게 정할지 의논하는 이 모든 행위가 협상이다.

국회에서 정책 비서로 일을 시작한 나는, 제너럴리스트임과 동시에 기획자였던 롤 모델을 만난 덕분에 다양한 분야와 여러 나라를 넘나들며 커리어를 쌓았다. 소위 말하는 갑의 위치에서도 일해 보고 을의 자리를 겪기도 했고 1인당 국민 소득 연 2천 달러 미만의 개발 도상국 공장에서의 경험, 자산운용사, 전자 회사, IT 회사 등을 거치면서 내게 붙은 타이틀은 '협상 전문가'였다. 어느 회사에 들어가도, 어떤 업무를 맡게 되어도 예민한 의견 조율과 조건 협상 업무는 돌고 돌아 내게 흘러들곤 했다.

스페인에서 경영전문대학원을 졸업한 후에 이 타이틀이 조금 더 견고해졌다. 그래서인지 스페인 가방 장인들과 함께 일하며 가방쟁이가 되고 나서도 여러 곳에서 지속적으로 협상 업무 의뢰가 들어왔다. 결국 별도로 법인을 설립했고 '20년차 협상 전문가'로 컨설팅 회사를 5년째 운영 중이다. 작년에 유럽 축구 리그 관련 IT 회사의 부사장을 겸임하게 된 것도 컨설팅 업무의 연장선이었다. 이 컨설팅 회사를 통해 해외사업개발 프로젝트 위주로 의뢰를 받고 있는데 업무 중 많은 부분을 차지하는 게 협상이다.

나의 발표 불안 이력이 협상 업무에 여러모로 기여했다고 믿는다. 나만 그런 게 아니라, 발표 불안증을 앓는 대부분의 사람이 대체로 섬세하고 외부 신호를 감지하는 안테나나 촉이 몇 개 더 많아서 협상에 유리할 수 있다고 생각한다. 협상 테이블에 자주 앉는 전직 '발표 불안인'으로서 나와 비슷한 '불안러'들에게 업무상 유용하게 쓸 수 있을 듯한 협상 기술에 대해서 들려 드리고 싶다.

협상에는 원칙도 없고 이론도 없다. 적어도 나는, 그렇다고 믿는다. 모든 협상이 상황과 조건, 상대에 따라 다르기에 특정 부분을 골라 일반화하는 건 어렵다. 그렇지만 어떤 협상이든 적용할 수 있는 한 가지가 있는데 이것은 우리 발표 불안인들에게 특화돼 있다. 바로 '상대를 파악하기'다. 협상의 기술에 대해 다룬 강의나 책을 보면 이런 내용이 있다.

홍당무는 이제 안녕

- 상대와 인간적이고 우호적인 관계를 먼저 만들어라.
- 적극적으로 경청하라.
- 협상은 주도권 싸움이다. 주도권을 뺏기면 안 된다.
- 감정적인 상태일 때는 실수하기 쉽다. 상대가 이성적인 상태를 유지하도록 유도하라.
- 협상은 인내심 싸움이다.
- 협상 결렬의 가능성을 염두에 둬라.

모두 맞는 말이다. 그렇지만 나는 여기에 핵심이 될 한 마디를 덧붙이고 싶다.

- 상대에 따라 다르다.

협상 자리에서 상대가 어떤 사람인지, 무엇을 원하는지 파악하는 것이 가장 중요하다고 생각한다. 상대가 주도권을 쥐는 걸 좋아하는 사람인지 다른 사람이 주도해 나가는 걸 편하게 생각하는 사람인지. 상대가 우호적인 관계를 쌓기 위한 대화의 흐름에 대해 경계하거나 거부감을 느끼거나 불편해하지는 않는지. 듣는 걸 좋아하는 사람인지, 말하기를 좋아하는 사람인지. 감정적인 상태가 올라왔을 때 협상에 유리한 사람인지 아니면 이성적인 상태를 유지했을 때 협상하기더 좋을 사람인지. 협상 결렬 가능성을 염두에 두고 있음을 살짝 비췄을 때 불쾌하게 받아들일 사람인지 아닌지. 직구를 마구 던져야 먹힐 사람인지 아니면 둘러가야 설득될 사람인지. 이 모든 것이 '상대'에 따라 다르다.

그렇다. 상대를 파악하는 것은 중요하다. 그런데 사전 정보가 없는 상태에서 상대와 마주 앉은 상황이라면? 협상 내용을 떠올리고 할 말을 고민하기에도 마음이 바쁜데 상대를 어떻게 파악할 수 있을까? 질문으로 가능하다. "예"나 "아니오"로 대답할 수 있는 질문을 피하고 중립적이고 일상적이며 가벼운 질문을 '아이스 브레이킹' 단계에서 던져 보는 것으로 상대를 조금이나마, 어느 정도라도 파악할 수 있다.

"요즘 입맛이 조금 없어서 새로운 음식을 먹어 보고 싶은데요. 식당이나 메뉴 추천해 주실 수 있나요?"처럼 누구나 가지고 있을 만한 자기만의 취향이나 정보에 대한 질문이 좋다. 사람은 누구나 밥을 먹는다. 싫어하는 음식도 있고 좋아하는 음식도 있기에 이런 질문을 가볍게 던졌을 때 대답하는 과정에서 상대의 여러 성향을 알 수 있다. 말하기를 좋아하는지, 듣는 걸 좋아하는지, 독특한 걸 선호하는 타입인지, 개인적인 질문을 불편해하는 사람인지, 관계를 쌓아나가는 데 그리 관심이 없는 사람인지 등 많은 것들을 파악할 수 있다.

우리 발표 불안인들은 타인의 반응을 살피는 데 안테나가 몇 개 더 있는 사람일 확률이 높으므로 협상 자리에서 상대가 어떤 사람인지 읽어내는 데 조금 더 에너지를 써보도록 하자. 이유 없이, 의미 없이,

홍당무는 이제 안녕

하릴없이, 쓸데없이, 불필요하게 상대를 일부러 갑으로 만들어 주면 안 된다. 상대를 파악하는 데 집중하자.

협상은 인간에 대한 이해의 폭이 깊고 넓을수록 유리하다. 사람의 감정과 취향, 원하는 바를 드러내는 방식, 사고의 과정, 타인을 대하는 태도, 예민함의 정도, 세상을 보는 시선, 삶의 우선순위, 관계에 대한 중요도 등에 대해 희미하게라도 감을 잡고 있을 때 상대를 짧은 시간에 파악하는 데 유리하며 이는 협상에서 경쟁력이 된다. 인간에 대한 이해는 어떻게 기를 수 있을까? 아주 유용한 교재가 있다. 바로 자기 자신이다.

우리는 의외로 자신의 들여다보는 데 박하고 인색하며 소홀하다. 내가 어떤 사람이지, 내 감정 상태는 어떤지, 나는 왜 이렇게 발표 하나에 불안을 느끼고 괴로워하는지, 나는 세상을 어떤 눈으로 보고 있는지. 나는 어떤 사람과 어울려야 마음이 편한 사람인지, 나는 어떤 일을 해야 행복한 사람인지, 나는 어떤 방식으로 사고를 하고 결론을 내는 사람인지. 나는 왜 무례한 사람이 싫은지, 나는 왜 타인과 대화 나누는 걸 좋아하는 사람인지. 나는 무엇을 할 때 시간이 흐르는 걸 잊어버리는지. 이런 고민을 통해 나를 조금 더 다양한 각도에서 볼 수 있었고 일상에서 불쑥불쑥 스스로를 놀라게 하는 내 언행과 사고를 조금 더 깊게, 온전히 이해할 수 있었다.

나를 힘들게 했던 불안증도 결국 내 감정에 소홀해서 애당초 그 뿌리에 대한 감을 제대로 잡을 수가 없었기 때문이었다. 불안을 극복하는 과정에서 들여다본 내 감정은 신세계였다. 내 안에 덜 자란 어린아이만 있는 줄 알았더니 그렇지 않았다. 내가 알고 있던 나는 나의 일부였을 뿐이었다. 나에게 관심 가지는 시간이 늘수록 인간 본질에 대한 이해도 더 깊어진다. 이는 협상에서 유리한 고지를 차지할 수 있을 뿐만 아니라 내 인생 자체를 풍요롭게 만드는 밑거름이 되기도 한다.

홍당무는 이제 안녕

그래서 참
행복하다

예전과 참 다른 내 모습을 보는 게 나는 여전히 어색하고 그저 놀랍다. 이
놀라운 세상에 당신도 들어오면 좋겠다.

요즘, 나는 참 행복하다. 내 인생의 절반이 조금 안 되는 시간 동안, 숨 막히게 힘들었던 그 불안증이 없어졌는데 어떻게 행복하지 않을 수가 있을까? 정확하게 말하자면 불안증 자체가 없어진 게 아니라, 불안하다고 생각했던 내 마음으로부터 자유로워진 것이다. 못 견디게 힘들다고 생각했던 내 증상들은 여전하다. 나는 변함없이, 발표 자리가 있기 전 심장이 두근거리고 긴장이 되기도 하고 때로는 얼굴이 붉어지기도 한다. 그렇지만 그 증상에 대한 내 마음가짐과 태도는 예전과 판이하다.

단상이나 무대 위로 올라가기 전 진정시켜 보려고 안간힘을 쓰던 그 두근거림이 실은 오락실에서 신나게 농구할 때의 두근거림과 결이 같다는 사실을 이제는 안다. 알 수 없는 패배감을 느끼게 만들었던 안면 홍조는 '얼굴이 빨개지는구나' 하고 자연스럽게 받아들인다. 그러고는 내가 말하고자 하는 내용에 덤덤하게 집중하다 보면 자율 신경계의 관할인 긴장 증상은 천천히 자연스레 가라앉는다. 가끔 평소보다 조금 더 긴장될 때가 있다. 그러면 뚜렷한 원인이 없는 막연한 불쾌함과 모호한 두려움에 대해 '이건 나 스스로가 만들어 낸 비합리적인 믿음이다. 그냥 내버려 두자.' '떨리면 좀 어때' 등의 주문으로 맞서며 털어 버린다. 말도 안 되는 변화다. 믿을 수 없는, 상상도 못 했던 변화다. 그런데 이 소설 같은 일이 현실이 되었다.

나는 드디어 발표 전날 마음 편히 잠을 잘 수 있게 되었다.

발표 불안에 대해 깊고 강력한 알아차림 이후, 불안 증세를 단번에 휘리릭 벗어던진 건 아니다. 머리로는 어느 정도 이해해도 몸과 마음은 따로 놀기도 했다. 그렇지만 태도를 바꿀 수 있다는 믿음을 가지고 발표 두레에 나가 꾸준히 발표 기회를 가지기도 하고 방청객 요정이 되어 날개를 달기도 하면서 결국 이처럼 영화 같은 현실을 일상에서 만나게 되었다.

나는 요즘도 다양한 모임에 참석 중이다. 비슷한 업계의 사람들과 발표 두레를 만들어서 운영하고, MBA 준비모임에 초대를 받아 입학 준비 과정을 공유하기도 한다. 대학 발표 동아리와 연이 닿아 20대에 콜롬비아, 멕시코, 인도에서 무슨 일을 하며 지냈는지, 취업은 어떻게 했는지 단상에 올라가 이야기를 풀어내기도 한다. 대학원 시절에 면접까지의 입구가 좁기로 유명한 회사에 면접을 어떻게 해서 보게 되었는지에 대한 경험을 나누기도 하고 '프로 이직러'로서 여러 회사 생활 이야기를 공유하기도 한다. 여성 기업인들 모임에 나가서 짤막한 강연을 맡기도 했다. 또 공연히 하고 싶은 말이 많아져서 패션 잡지에 매월 칼럼을 연재 중이기도 하다.

예전에는 어떻게 해서든 사람들 앞에 노출되는 자리를 피해다녔고 강연이나 세미나는 엄두도 못 냈다. 그러나 요즘은 발표가 참 즐겁다. 강연 자리가 기다려지기까지 한다. 하고 싶고 들려 주고 싶은 이야기가 참 많다. 프로젝트 기획서를 매력적으로 쓰는 방법에 대해서, 브랜드 론칭 준비 과정에 대해서, MBA 끝나고 왜 하필 스페인에서 가방을 만드는 일을 선택했는지에 대해서, 스타트업 준비 과정에 대해서, 프로젝트 투자 유치에 대하여, 컨설팅 회사 운영 노하우에 대해서 등 이야기가 많고도 많다.

대여섯 명 앞에서의 주간 업무 회의가 부담스러워 사직서를 써서 서랍에 넣어 두고 회사에 다녔던 내가, 발표 전날 두 다리 쭉 뻗고 잠자는 게 소원이었던 내가, 이제는 강연 자리를 즐기고 혹시라도 내 이야기를 궁금해하고 듣고 싶어 할 누군가가 있을까 생각해서 하고 싶은 이야기를 정리하는 사람으로 변해 있다. 참으로 놀랍다. 이 놀라운 경험을 당신도 했으면 좋겠다.

막을 치고 혼자 힘들어하고 있을 발표 불안인 여러분, 세상 밖으로 나오기를 바란다. 벗어나는 게 불가능해 보이는 건 마음에 찰과상이 생겨서 그런 걸지도 모른다 생각하고 자신에게 맞는 탈출 방법을 하나씩 차근차근 찾아보면 좋겠다. 그래서 언젠가 마주 앉아, 편안한 마음으로 유쾌하게 "내가 정말 그랬단 말이야?" 하며 깔깔 웃으면서 발표 불안인이었던 시절에 대해 함께 이야기 나눌 수 있기를 소망한다.

그래서 참 행복하다

**홍당무는
이제 안녕**

지금 내 깨달음의 주머니 속에 담겨 있는 것들을 10년 전에 만났더라면 얼마나 좋았을까? 지난 시간을 더 의미 있고 즐겁고 행복하게 보낼 수 있었을 텐데. 스피치 불안 증세로 힘든 나날을 보내는 중에 나를 지독히도 괴롭혔던 건 '포기하고 싶고, 그만두고 싶고, 도망가고 싶었던 충동'이었다.

나는 일하는 게 참 좋다. 가방 회사의 대표가 되기 전 직장 생활을 할 때에도 일하는 게 대체로 신나고 즐거웠다. 물론 어느 조직이나 나름의 문제는 있다. 어려움도 있다. 어떻게, 도대체 왜 저 자리에 있는지 모르겠다 싶은 상사도 만나게 된다. 업무가 과중할 때면 나는 누구인가, 여기는 어디인가 타임이 오기도 한다. '또라이 질량 보존의 법칙'에 따라 어느 나라, 어느 회사, 어느 부서에 가도 일정 수의 이상한 사람들은 존재한다. 그런데 나는 몰랐던 것들을 알게 되는 것도 참 좋았고 애정을 쏟고 열정을 담아 어떤 일을 하나 해냈을 때 오는 성취감이 너무 좋았다. 그런데 이 악질의 발표 불안은 그 만족스럽고 신났던 내 직장 생활에 너무나 큰 걸림돌이었다. 발표 울렁증 때문에 회사를 그만두고 싶은 생각을 그렇게나 많이 했다는 건 정말 슬픈 일이다. 힘들게 준비해서 들어간 대학원을 다닐 때도 '다 내려놓고 한국으로 돌아갈까?' 생각까지 했다는 게 솔직히 얼토당토않은 일이다.

스피치에 대해, 지극히 사적인 내 발표 불안 이야기를 글로 옮겨 보겠다고 결심하게 된 이유가 여기에 있다. 발표 불안 증세에 한없이 쪼그라드는, 초라하고 보잘것없게 느껴지는 자신을 끌어안고 끙끙 앓고 있을 누군가가 있을 것이다. 발표 시간이 지나서 안도의 한숨을 쉬는 도중에 이까짓 게 뭐라고 그리 벌벌 떨었나 싶은 자괴감에 고통받고 있을 누군가가 분명 있을 것이다. 내가 수백 번도 더 느꼈을 '포기하고 싶고 그만두고 싶고 도망가고 싶었던' 그 충동에 시달리고 있을 누군가가 있을 것이다. 그 누군가에게 나의 이야기를 들려주고 싶었다. 그 누군가에게 '당신도 좋아질 수 있어요'. '당신도 발표 전날 편히 잠들 수 있어요'라고 응원하고 싶었다. 내가 느낀 홀가분함과 행복감을 공유하고 싶었다.

부족한 글, 끝까지 읽어 주신 모든 분들께 감사드린다. 발표 불안이라는 주제 하나에 이렇게 이야깃거리가 많다니 전직 이야기꾼 출신으로도 조금 놀라긴 했다. 하지만 아쉬움이 남지 않도록, 못다 한 에피소드가 남지 않도록 이 책 한 권에 이야기를 꾹꾹 눌러담았다. 그럼에도 남은 이야기를 강연이나 세미나, 발표 두레 등의 자리에서 좀 더 사실적인 묘사와 재현 연기를 섞어서 재미나게 들려드릴 수 있게 되기를 바란다.

홍당무는 이제 안녕

당신 가슴 한쪽 어딘가에도 홍콩에서 날벼락 맞은, 홍당무 얼굴의 대학생 한 명이 숨어있는 건 아닐까? 이 글이, 당신이 후련한 마음으로 그와 기분 좋게 작별하는 데 조금이라도 도움이 되면 참 좋겠다.

"홍당무는 이제 안녕."

홍당무는
이제 안녕

제1판 1쇄 인쇄 2023년 3월 30일
제1판 1쇄 발행 2023년 4월 6일

지은이　이정화
펴낸이　나영광
펴낸곳　크레타
출판등록제　2020-000064호
책임편집　김영미
편집　정고은
영업/마케팅　박미애
디자인　박은정

주소　서울시 서대문구 홍제천로6길 32 2층
전자우편　creta0521@naver.com
전화　02-338-1849
팩스　02-6280-1849
포스트　post.navcr.com/crcta0521
인스타그램　@creta0521
ISBN　979-11-92742-03-8 03810